FLORET

READING

# 小花阅读

我们只写有爱的故事

青春阅读 幸得相见

# 晚乔 | 小花阅读签约作家

热衷于美食画画和文字，汉服 JK 日常党，永远在刷游戏追新番和 pr 爱豆。

时刻都是奇怪的想法，惯于用意念和人交流。

一直做梦活在武侠世界里，开始以为正常，后来发现好像只有自己是这样，难怪和人讲话永远跑偏跟不上。

伙伴昵称：乔妹、仓鼠

个人作品：《妖骨》《顾盼而歌》

即将上市：《云深结海楼》

# 顾盼而歌

## FLORET

### READING

▼

晚乔 著

【美好时光列车】系列 05

"关于最美好的事情。我能想到的，就是你回来了。"
"我也是。"

上海故事会文化传媒有限公司

上海文化出版社

# |小花阅读|
## 【美好时光列车】系列

**《弥弥之樱》**
笙歌 / 著
标签：我的青梅竹马不可能这么可爱 / 黑到深处是真爱 / 别家的孩子

有爱内容简读：
"是时候告诉大家了，其实我就是他的女朋友。"
喜欢你多久了呢？
从你刚刚那样子亲吻我；从你坐在对面教学楼，我们隔着一个小广场的距离相视而笑；从我们每次回家的时候，你让我靠在你肩膀休息；从你隔着被子把我抱在怀里哄我起床的时候……
我想起过往的点点滴滴，才确定，如果是命运的安排，那我睁眼看到你的第一眼起，就注定要喜欢你。

---

**《路途遥远，我们在一起吧》**
姜辜 / 著
标签：温柔又毒舌的面瘫入殓师 / 元气朝气的警队甜心 / 高甜预警

有爱内容简读：
"从第一次见面起，我就觉得你的眼睛很亮，你也很好看。"
"知道了。"莫名地，江棉就开始泪如雨下，"我知道了，阿生。"
阿生，我喝完这杯水了，嘴里的薄荷味很浓，冰箱也依旧在嗡嗡作响。
大概还有三个钟头天才会慢慢地亮起来，可是从这一刻起，我就已经开始想你了。
所以，阿生——其实每次这么叫你，都会让我的心变得潮湿和柔软。
那么阿生，明天见。

## 《请你守护我》

九歌 / 著

标签：磨人总裁大大 / 千年芙蓉妖 / 整个妖生都崩溃了 / 契约情人

有爱内容简读：

具霜盯着他的眼睛看了很久，终于面色舒展，呼出一口浊气："我认输了。"

她全然放弃了去挣扎，让自己在他眼中的星海里沉沦。

语罢，她又突然弯起嘴角笑了笑："可是我们来日方长，总有一天我会斗赢你。"

就这样吧。

没有什么需要去躲避，她不怕，她什么也不怕。

看着她唇畔不断舒展绽放开的笑，方景轩嘴角亦微微扬起："那么，请你守护我，我的山大王。"

具霜脸上笑容一滞，反复回味一番才恍然发觉方景轩这话说得不对，旋即恶狠狠地瞪向他："啊呸！我才不是山大王，叫我山主大人！"

方景轩眼角眉梢俱是笑意："哦，山大王。"

具霜气极，一拳捶在方景轩胸口上："都说了不是山大王！"

---

## 《听我的话吧》

鹿拾尔 / 著

标签：平台人气主播 / 冰山异能少年 / 鬼知道我经历了什么 / 危险恋爱

有爱内容简读：

说起来，我一直觉得你很像一个人。

一个见证了我前二十多年里少见的一次出糗的人。

命运捉弄的重逢后，又想用一辈子珍之重之妥帖收藏的人。

聂西遥将薛拾星紧紧搂在怀里，低笑。

"我已经牵连了你……薛拾星，我答应过，如果你遇到危险，我都回来救你，不管怎样我都会来救你。"

"聂西遥……"薛拾星的眼泪一下子流出来。

他呼吸很重，一下又一下打在薛拾星的脖颈处，但眼底一片平静。

"我会用我的一生保护你，你……信不信我？"

## 《顾盼而歌》

晚乔 / 著

标签：腹黑大明星 / 隐藏迷妹 / 超能力 VS 免疫超能力 / 假装恋爱

有爱内容简读：

我不太会表达，特意学了一句情话，想说给你听。

那句话是基地里边，他找到的那位前辈的笔记本首页记着的。

纸张泛黄，墨迹略有褪色，唯独那个句子，他一看见，就想说给她听——

我所能想到最美好的事情，夏天的冰激凌，秋天的大闸蟹，冬天大雪漫漫，糊了一窗户雾气的火锅。

还有，开春时候，你的吻。

---

## 《三千蔬菜入梦来》

九歌 / 著

标签：吃货萝莉 / 腹黑除妖师 / 活了一千五百年才初恋 / 妖王她是个土豆

有爱内容简读：

千黎不知不觉就弯起了嘴角："我倒是对你更感兴趣。"

李南泠不禁打了个寒战："女孩子家家的，别笑得这么荡漾。"

她的声音仿佛有着蛊惑人心的力量，让盘踞在李南泠脑子里挥之不去的声音陡然间全部消散，他将那柄槐木剑高高举起，只一剑下去，所有锁链皆应声而断。

他脑子里也仿佛有根弦就此断去，无数记忆碎片蜂拥而至，如潮水一般涌来，纷纷灌入他脑子里。

渐渐地，那些碎片交汇拼凑成一幅幅完整的画面，犹如放电影般在他脑海里一帧帧跳跃。

他在这短短一瞬之间，仿佛又重新经历一世轮回……

# 作者前言

四季很好，你若在场

　　最近天气反复，忽冷忽热，分明才两天没看见太阳，可望一眼窗外，总让人错觉，天已经阴了很久了。

　　敲下这个故事的终章，是在凌晨，很晚，或者说是很早的时候。夜风很大，我卧室的门板总是在响，对于一个胆小、还偏喜欢看恐怖故事的人来说，那一下一下突兀的声音真的挺可怕的，因为会让人产生一些凉飕飕的联想。

　　所以，码字中途吃了一包牛肉干、一包小饼干，拖着时间不想写完，安慰自己说故事里的人在陪着我。

　　然而，这个"故事里的人在陪着我"的想法，在恐怖的心理作用下发酵，之后，我觉得更冷了，于是摸下床又顺来几包小蛋糕给自己压惊。抖了抖，我打开手机开始问某两只睡着了没有，哦，就是九歌和鹿拾尔那两只，对，两只！想找个人说说话缓解一下紧绷的神经。

嗯，还好，都还活着。但没多久她们就无声地消失了，当时我的心情……

明明她们每天都在线到很晚，为什么偏偏这个时候睡着了！

我放下手机，紧紧抱住小蛋糕，哭唧唧安慰自己说我已经不是那个嗷嗷待哺小小的我了，现在，要勇敢。

"就是这样。"

当时的我挺直腰板给足了自己信心，接着颤抖着手继续写文。

顾泽和安歌的故事，从开头到结尾，几乎没有什么特别卡的地方，只是有时候会陷入奇怪的纠结里，比如顾泽是异世界来的，没有身份证，黑户是不是很不方便？然后安歌她爸，其实也是异世界的，这样的话，她是怎么上户口的呢……

但不久就解决了。

不是想通，而是确定了这是一个不能细究的问题，索性不去想了。

这么说来，那天晚上，大概是写这个故事最艰难的时刻。

呃……我不是说胆小影响了思路的这个问题啦，而是结尾想了三个版本，有一个是报社的 BE，感觉还蛮适合的，但纠结了好久都没决定用哪个。在不确定最后走向的情况下，终章写得格外艰难。

纠结了好久，决定放空自己躺一躺，结果刚刚沾到枕头就想好了。对呀，就是现在写出来的这个——

　　原本春夏秋冬各有滋味，有朝一日，幸而相遇，于是我所能想到四季里最美好的事情，便替成了你。

　　自己还挺喜欢的，嘻嘻。

　　想了好久，前言的最后还是想表白一下苏总，就一句——啊，喜欢了这么久的烟罗大大真人果然好温柔啊！完毕。


　　　　　　　　　　　　　　　　　　　　　　　　晚乔

# 顾盼而歌

目　录

Contents

顾盼而歌
目　录
Contents

原本春夏秋冬各有滋味，
有朝一日，幸而相遇，
于是我所能想到四季里最美好的事情，便替成了你。

# 楔子

夜色深深，阴雨连绵，冷意顺着窗缝钻进屋子，夜雨夹着寒气敲在玻璃上，一下一下，像是叩门的鬼魅，要来夺谁的魂魄。

房间很小很暗，里边没有开灯，小小的孩子在床脚处缩成一团，一双眼睛睁得又大又圆，死死地盯着窗外，像是看到了什么恐怖的东西。

忽然，路灯在雷声轰鸣中挣扎着闪了闪，昏黄的光色在这一刻灭去，同时窗户被飓风推开，一阵强烈得莫名的冷气卷着雨水猛冲进来——

"啊！"

女孩再也控制不住，惊叫出声，声音凄厉而尖锐，像是遇见了世上最让人恐惧的东西一样。她的眼睛里清清楚楚地映出急速冲来的黑影，然而，这四周分明没有任何东西。

也就是这个时候，有强光自屋内爆发，将所有的一切都笼罩在内，什么黑影、闪电、夜雨……在这一刻，都消失在了白茫茫的光色里。

良久，白光消失，一切重归平静。

屋内再没有了什么影子，剩下的，只是那个满脸泪痕的小女孩，她以蜷曲的姿态倒在床脚处，脸上还残留着散不去的恐惧。

屋外夜色深深，远天阴雨连绵。

# 一
## / 一言不合就发光 /

**1.**

安歌第一次遇见顾泽，是在一个安静的晚上，没有月亮、没有星星、没有路灯，真正的伸手不见五指。

风刮得脸颊生疼，跑了许久，安歌终于停下来，弯着腰撑着膝盖大口喘气。

"人呢？"她抹一把头上的汗，四处张望，像是在找谁，"怎么不见了？"

就在这个时候，不远处的土坡上闪过一个黑影，安歌眼睛一亮，挑着眉毛带着点得意地迅速蹲下身子。

"哈，原来是躲在那儿。别让我逮着你，敢抢劫我，哼哼……"

她猫着腰往前走，在心底嘟嘟囔囔地哼着，可是还没有哼完，她就被眼前的景象给吓得差点跪在地上。

前面有两个影子缠在一起，像是在打架，可这一招一式看起来又实在奇怪，毕竟除了武打片之外，哪有人会在现实生活里这样打？神经病吗？

她眼睛瞪得老大，盯着那儿，使劲吞了下口水，背脊一阵发凉。

倒不是因为那场奇怪的打斗，而是因为……

那两个缠在一起的不是人——它们真的只是两个影子，影子啊！

"我……这、这是见、见鬼了吗？"

话音刚落，其中一个黑影被击成碎片，那碎片又化成飞灰，风一吹就散开了。而同时，另一个黑影慢慢实体化，他一步一步地朝着安歌走来。

她清楚地看见一张冷硬的脸，轮廓分明得像是雕刻出来的一样。

啊，意外地好看呢……

真的特别适合演电影里那些隐藏着的变态杀人狂！安歌胡乱地想着，或者饰演游荡了好几千年的恶鬼也不错，再或者……

"这种时候在想什么乱七八糟的！"一瞬间，安歌的心里分裂出好多个小人，而其中最为冷静的那个揪着一群惶恐到不行、抱头鼠窜、乱糟糟的小人这样喊道。

于是，那些小人齐刷刷地安静下来，可也不过安静了几秒钟的时间。因为，下一刻，男人已经走到安歌的面前站定。安歌抬起头来，小人们动作整齐地愣了愣，接着又重新尖叫、狂奔，甚至撞到了安歌的心脏上，让她一阵眼花，还被狠狠吓出来几个嗝。

顾泽停下脚步，站定低眸，只见眼前瑟瑟发着抖的女孩子僵硬着脖子慢慢地抬起头，在对上他眼睛的那一瞬间，又迅速移开。

　　他一顿，刚想开口，就看见女孩战抖地举起手，做出一个投降的动作。其实安歌当时是想说话来着，譬如求饶和装傻，奈何喉咙又干又紧，连一个字都蹦不出来。

　　顾泽眉尾微微挑起，轻笑了声："看来，是看见了。"

　　这个声音很沉，带着些微膛音，有一种低低的华丽感。

　　可安歌却只觉得恐怖。

　　安歌愣了会儿，梗着脖子拼命摇头，模样激烈得像是上了发条的玩具，简直要把脑袋从脖子上晃下来——我没看见，我什么都不知道，什么黑影不黑影的都是我眼花，你一定只是个人类而已，我不会说出去的……所以，你千万别打我啊！

　　安歌在心底咆哮着。


　　顾泽眯着眼睛，想了想，终于还是伸出手来悬在她的头顶。

　　他不是第一次做这样的事情，也不是第一次被人看见，于是便如以往的每一次一样，打算洗掉对方的记忆。毕竟不是什么正常好解释的事情，当然要用最直接有效的方法。

　　将能量运到掌心，慢慢向下沉去，顾泽的瞳色骤然变深，深到极致反射出点点银光，像是银河深处的璀璨繁星，光芒渐盛，直直投向女孩的眼睛。

　　却没想到，这个女孩对此竟毫无反应，反而是他，手心像是被某种力量弹了一下，有一种酸麻的刺痛感。

但安歌却是一副不在状况的样子。

事实上，下意识跟着他的手势抬起头来之后，安歌只是这么看着，看了好一会儿也没看出什么东西。半晌，一阵凉风吹过，她猛地一个哆嗦，打出个喷嚏来，溅了眼前的人一脸。

顾泽的表情在这一瞬间变得很是精彩，他收回手来，抹了一把脸。

"你……没有什么感觉吗？"

"感觉？"安歌被冻得脑子一片混沌，老实回答，"腿软、还冷，有点饿。"

话音落下又是一个喷嚏，但这次顾泽直接避开了。

只是这一次，在他回过头来的时候，脸色忽然变得很奇怪，像是受到了什么冲击，急忙又背过身去。可惜饶是如此，他也没有挡得住由自己身上散出的微光。

而安歌就这样蹲在原地抬着头，冻傻了一样，面上没有表情和动作，脑子里却是瞬间炸开了一片。她从前看过很多小说、电视，说什么有的人是会发光的，说一个人多么耀眼，但那都是形容而已，不像眼前的这个人……

这个人，他真的一言不合就这么亮起来了！和外面那些夸张的形容都不一样！

等等，亮起来啊……莫非他不是鬼？是……

萤火虫精？

## 2.

好一会儿，光线又暗下来。

夜色里的男人看起来有些痛苦，蹲着蜷成一团。他把脸半埋在手臂里，身上的气势在这一瞬间随着亮光一同消失，模样也像是发生了改变。

随后，安歌听见了一个声音，压得很低，带着些许恼意，却又意外熟悉，和之前那句询问相比，音色上的差异真的不是一点半点。

"糟糕……"

安歌一愣，怔怔地站起身来。她捶了捶自己的小腿，也许是好奇心在这一瞬间战胜了恐惧，也许是忽然感觉到了危险的消失，也许是因为这个熟悉的感觉……

总之，她缓缓地朝着那个男人走去。

她停在男人的身前，越看越觉得他眼熟。

安歌居高临下地打量了好一会儿，直到云层散开，月亮露出来，四周有了些光亮。

这个时候，男人撑着地站起来。

在安歌眼里，他自下而上地抬起脸、对上她目光的那一瞬间，比起惊艳，更多的是意外。挺直的鼻梁、清亮的双眸、从下巴到脖颈处柔和却分明的线条……这张脸和她手机壁纸上的人物简直一模一样！

粉丝嘛，见到男神总是会激动的，只是这样的见面方式，不是每一个少女都承受得住。

此时，捂着心口、满脸通红的安歌不敢置信地惊叫出声："你是……顾、顾泽？"

"顾泽"这两个字，不论放在哪里都要引来大批尖叫。

这个名字，属于时下最当红的影视小生，难得一个颜值、演技都在线，行事还低调温和的人。其实，他算是一夜爆红的代表，然而他的身上却没有一点浮躁气，人好、颜正，还宠粉。

也正是因为这样，他才能在两年时间之内，吸引到大批迷妹和死忠粉。但毕竟人红是非多，在蹿红的同时，他也有了大批量的无脑黑。关于他的帖子，在各个论坛长期飘红，而在这里，安歌就是奋斗在第一线的"战士"，时刻维护着男神的声誉——简单地说，安歌就是顾泽的脑残粉。

## 3.

顾泽不说话，像是受到了什么重创，就连望着安歌的时候也带上了戒备。

"你是谁？怎么会在这里？"

安歌一脸没回过神的表情。

在深秋的寒风里，她的思绪被吹得凌乱异常，乱得连顾泽的话都没听得进去。

顾泽为什么会突然出现？变身吗？等等……如果说顾泽就是刚刚那个男人，那他是什么来头？那两个打架的影子又怎么解释？难道……他不是顾泽……

只是和顾泽长得像的一只萤火虫精？

"你有没有在听我说话？"

安歌的神游天外实在是太过于明显，顾泽皱着眉头唤回她，却没想到，自己每说出一个字，都能感觉到心肺被刚刚那一遭反噬弄得生疼。

接连几件奇怪的事情一起涌来，安歌的脑子明显不够用了，也许是惊吓过度，反而变得平静起来。

她摇了摇头，问："你刚刚说什么？"

"装傻？你知道我问的是什么。"顾泽拽住她的手腕，逼近了些，"能够抵抗住我的能力，甚至加以反噬，并且不被洗掉记忆……你不是这个世界的人，你是怎么逃过来的？"

他语气笃定的话语，安歌却听得一头雾水，万千疑问在这瞬间尽数化成一个字——

"啊？"

"啊什么啊。"顾泽逼视她，"你到底是怎么逃过来的？"

安歌更加疑惑了："什么逃过来啊？你是在追什么人吗？"

细细打量了安歌几轮，却没有在上面看到半点不自然的痕迹，顾泽的能力因为反噬而被暂时封住，他没有办法再使用自己的能力，又不能进行探测，于是便只能从言语上打探。

可是探来探去又是好几轮，他什么也没问出来，反而被对方天马行空的思维和逻辑搅晕了。于是，他只能强行兜回去，却又被安歌拿看智障的眼神看了很久。

肺部再次传来刺痛感，顾泽深吸口气，强忍着不适，低着头逼视她。

　　"不要装了，我知道你是 K-HI 的人。"

　　简单的三个字母，谁也听不出什么。偏偏这时候，安歌眼神一晃，脑子里飞快闪过一些东西，忽然想到了些什么似的，眼底划过几分不可置信。

　　但这份意外很快又从安歌的脸上消失了，时间甚至不到一秒，还发生在顾泽手机铃声响起来的那一瞬间。顾泽低头飞快挂了电话，可当他再次抬起头的时候，安歌早就恢复了之前的样子。

　　"我不知道你在说什么。"

　　安歌抢在他之前开口，表情很无辜，丝毫看不出内心的慌乱。

　　见状，顾泽皱了皱眉头。

　　其实他刚才那句话本来也就是诈一诈她，想看她的反应，而现在看她这个样子，他不免有些疑惑，开始怀疑这是不是真的都是巧合。

　　顾泽与她对视许久。

　　夜色里，安歌的眼睛很亮很清，却是什么也没有。顾泽轻叹一声，思虑一番，最终作罢。

　　却没有发现，在他移开视线的时候，安歌小小地松了口气。

　　他不免释然，毕竟从那个世界过来不是一件容易的事情，有那两个例外已经很让人意外。而且，组织上给的资料，也没有说，出逃过来的还有一个女人。


　　"你真的什么也不知道？"顾泽最后确认一遍。

"你要我知道些什么啊？"安歌转移话题，"还有，你是顾泽吧，我刚刚瞥了一眼，你挂断的那个电话名是'九哥'。顾泽的经纪人叫陆玖，外号就叫九哥！"

顾泽一顿，再望向她的时候，之前的戒备已经放下了大部分。

"不好意思。"顾泽低了低头，不久又想到什么似的，"粉丝？"

见他不再纠缠上一个问题，安歌立马点头，却没有了最开始看见男神的激动心情。只是没想到对方一愣之后，笑得前仰后合，拍着她的肩膀很开心似的。

"我就说自己可以去当特型演员嘛，每次上街都被认错……啊，果然，这世上长得好看的人都是一样一样的。"顾泽夸张地挑眉，"对了，你要不要我的签名啊？"

安歌一愣："所以你不是？"

话音随着笑声一起收回来，男人再次握住她的手腕，歪了歪头："你又不是没看见我刚刚的动作，怎么还觉得我会是那个小明星？"

有话在喉咙口溜了一圈，却在出口之前被安歌咽了下去。

她难得反应敏捷："我什么都没看见。"

"哦？这样最好。"顾泽放开了她的手腕，在转过身子的那一刻收了笑意，声音里却仍带着几分调侃，和表情各种不搭，"实话和你说吧，我其实是一个阴阳师，刚刚捉鬼来着，看你年纪轻轻胆子还挺大，没被吓走还敢在这儿问我一堆乱七八糟的……"

如果你只是阴阳师，怎么会变身、怎么会说要洗掉我的记忆、怎么会有什么反噬……怎么会提到 K-HI？

安歌抿了抿嘴唇，有无数个问题想问，却碍于许多东西，不能问出口来。

于是，安歌最后崇拜似的感叹了一句："哇，原来阴阳师这么厉害啊！"

顾泽轻笑，不答，朝后摆了摆手，随即步子飞快地离开了，背影看起来很是轻松潇洒，可他眼底带着的忍耐和捂着腹部的那只微颤的手，却泄露了他不怎么好的状态。

"记住，不要随便和别人说起今天晚上的事情，不然我可能会放小鬼来找你。"

这句话之后，顾泽拐过一个转角就不见了。而安歌却这么站在原地，呆了很久，半晌才想起什么似的，拔腿飞快地朝着某个地方跑去。


**4.**

安歌带着满身寒气回到家里，鼻尖和手都冻得通红。

灯光下，她快速翻阅着一本相册。

一页一页，她手指飞快翻动，最后停在某一张上。相册里透明薄膜的反光微微刺到了安歌的眼睛，可她却恍若未觉，只是轻轻抚上这张照片。

这张照片很多地方都发黄了，边边角角还有些破损，上面有三个人，一男一女和一个婴孩。这是安歌唯一的一张全家福，说起来有点儿难过，其实，她是通过这张照片，才知道爸爸长什么样的。

小时候，每当自己问起，妈妈总会说，爸爸是另一个世界的人，他回去了。她总是记得那一句话，记得妈妈的表情和声音都很温柔，可是，她一直到高中，对于"爸爸去了另一个世界"的理解都是"爸爸去世了"。

直到后来，她才真正知道，原来真的有另一个世界的存在。

会知道这些，是因为那一天妈妈也离开了她。她亲眼看见妈妈走进了一块光镜里，泛着微光的水波纹路凭空出现，立在眼前，看起来有些冷，超出她的所有认知。

当时其实想不管不顾地跟着一起跑进去，却没有想到，她不过刚刚扑到水镜前，那光色忽然变强，瞬间将她弹开。

她挣扎着抬头，却只听见妈妈叫了一声"安歌"，之后便再没有什么动静。而她也就那样眼前一黑，晕了过去，直到第二天醒来，看见妈妈留下的信和从前的日记。

信上说，在那个地方，爸爸有危险。那份危险，和一个组织有关。

而那个组织……

安歌的手指微微颤抖，她将照片从塑料薄膜里取出来，翻了一下，只见照片背面的右下角，写着三个字母：

K-HI。

**5.**

酒店里，落地窗前，星星挂在触手可及的天幕上，城市里的霓虹却被隔离在脚下。

顾泽披着白色浴衣坐在窗前的沙发上，翻阅着手上厚厚的一沓资料，面容看起来有些疲惫。

或者说，每一次追踪、每一次消耗能力，他都会这样疲惫。毕竟每个世界都有自己的规律和结界，虽然肉眼看不到，但要强行穿破它、留下来，身体还是会吃不消的。

更何况，他待在这儿，还要做许多事情。

"一边是任务，一边是拍戏，都不能马虎。唉……也不知道哪样才是我的主业了。"他的声音里带着几分懒散。他随意地跷着腿，和电视里那个温雅的男神形象半点儿沾不上边，"大爷的，又是一部大戏。"

可即便如此，顾泽却仍是一页一页地仔细看完了那沓资料，模样认真而专注，好像只有这件事情能让他放在心上。


"好剧本。"看完之后，顾泽感叹，"可惜给我演了。"

倒也不是对自己没有信心，他其实很热衷于表演，也有一些自己的艺术坚持和体会。可那又怎么样？他早就有自己的职责和使命了，所以，也就注定他无法对这些东西特别专心。

他来到这里，是为了任务，演员只是临时身份。

这一点，顾泽非常明白。

而对于一件重要的事，它是值得一个人全心对待的。


"唔……"

肺部的刺痛感再次传来，顾泽不是第一次遭受反噬，却没有一次像今天这样厉害，厉害到一瞬间封了他的全部能力、将他打回原状，还让他莫名受了这不轻的伤。

顾泽倒吸一口冷气，仰起头来，深深呼吸。

再次睁开眼睛的时候，他虽仍紧捂着腹部，面上却已经没有了表情。

然后，他翻开边上另外一份资料，那里只有几页纸，上面写着的是其他演员的名字以及一些重要职务人员。

顾泽粗粗看了看，刚刚准备把它放回去，却忽然一顿，又拿回来翻开。

顾泽一眼就看见最后一页左下角那张寸照。

女孩儿笑得很浅，恬静舒服，半点儿不像今夜看到的模样。

而那张照片旁边，写着一行字——

制陶知识专业指导，安歌。

安歌？

"也是挺有缘的。"

顾泽随口念了句，之后顺手将资料扔在一边，说完打了个呵欠，走向大床直直扑了下去，还没弹起来就睡着了。而被调成静音的手机就这样在旁边不停地闪，始终无人接听。

# 二

/ 我家男神不是人 /

**1.**

窗外浮云淡薄，有风晃动树枝投下乱影，一下一下地点在窗台前的女孩的眉眼处。

她抬头望了一眼外面，随着树影浮动、光线明灭，那双眼睛里的光也一闪一闪的，星星般亮晶晶的。

"好晒啊……"

安歌边说边起身拉上窗帘，做完这个动作之后，她又蹲回凳子上。

她没有发现，窗外不远处站着的那个抱着手臂往这边打量的人，已经连续盯了她两天了。

街角处，顾泽端了一杯咖啡，在窗帘被拉上的那一刻，他正好喝完最后一口，之后随手把杯子扔进垃圾桶，提步离开。

这样观察她，倒是没有什么特别的原因，只是在那晚之后，他的能力莫名其妙就不能用了，原本以为是太过疲累、没有休息好的缘故，现在看来却不仅仅是这样。没有能力的他不能感知到任何的异常，也无法与自己的组织取得联系，这实在是一件麻烦的事情。

顾泽找不到自己失常的原因，也想不通有哪里不对劲，毕竟不管是任务还是行动，那晚一切如常。唯一的不同，只有她。

安歌。

和顾泽的复杂心情不同，陶艺室里，转动着的拉坯机前，安歌看上去投入而专注。她的衣服和头发上都沾着半干的瓷泥，有些邋遢，表情却很认真，她慢慢扶着花瓶的壁口往上，可就是这个时候，一旁的手机忽然响了起来。

安歌几乎是下意识地踩停了机子，在确定没有弄歪壁口后，她松了一口气，擦擦手接了电话："喂？"

"是安歌吗？你有一份快递到了。"电话那头的声音听起来有点儿赶，"下雨天不方便，我就在街角这里等你，不进去了啊！"

"啊？好的，但是麻烦等一下可以吗……"

话还没有说完，另一边就挂了，安歌顿了一下，习惯性地往身上抹抹手就想解围裙，可低头的瞬间，她顿时石化在原地——

"我今天没有系围裙吗？！"

安歌洗完手翻了翻柜子，却没找到一件可以换的衣服，这时又接到快递催促的电话。

安歌认命地叹了一口气，有些凌乱地揣了钥匙出门。尽快领完东西回来吧，毕竟这满身的泥，看起来真的是连自己都有些嫌弃。

这么想着，她一路小跑到街口，领东西、签名字一气呵成，刚刚庆幸没有遇见熟人来着，可还没等她松一口气，转身的时候就被石头绊了一下，手里的包裹也顺势飞了出去。

"啊……"

眼看着自己的包裹落在一辆行驶着的敞篷车后座上，安歌倒吸口气——

"哎，等一下！"

可是那辆车的主人却没有听见似的，一点儿反应也没有，顺着小道儿就开出去，还溅起一溜的泥水点儿，全打在路边的安歌身上。

"等等，等一下……"

安歌飞快爬起来边跑边追，这时候她也顾不上什么形象不形象了，满心都只想着那份快递——

开玩笑，那种釉料很贵的！况且这种东西配方偶尔还会更新，不是每一次都能买到同样的颜色，任何微妙的差别在烧制的时候都会被放大，尤其这盒还是托人弄来的……不管怎么样，这个一定不能丢！


于是，这条路上的所有人都见证了这一幕——一个女孩子疯狂地追逐一辆敞篷车的过程。按理说，人追车哪里追得上呢？可事情偏偏就没有按照大家的预想发展。

"开这么快，停一停啊，喂！"安歌吭哧吭哧地喘着气，在累得没劲儿的时候爆发似的喊了一声。

也就是这时候，"嘭"的一声，那辆车忽然停了下来——轮胎爆了。

"啊……"

安歌懵了一下，之后表情变得有些奇怪，她轻拍了一下自己的脸，吐吐舌头。

"又忘记自己是乌鸦嘴了吗？"安歌边想边朝前走去，看上去有些懊恼。

如果说这也是一种本事，她大概已经点满了技能点。说来奇怪，从小到大，不论是什么事情，只要她的情绪稍微有些激动，心里想的那件事情就会以不太好的方式实现，在说坏事的时候尤其明显。

## 2.

安歌慢慢地走过去，停在车门边，还没想好怎么开口就对上了一张哭丧着的脸。

只见驾驶座上的男孩满脸郁闷，他戴着副黑框眼镜，毛线帽下边亚麻色的头发稍微露出一些，扫着脖子。

此时，他正抬头盯着安歌看，看得安歌有那么一瞬间，甚至怀疑自己是不是欺负小孩了。

"你有什么事吗？"男孩抱着手臂，看起来有些冷，苦着脸开口道。

安歌顿了顿："呃，不好意思，我包裹飞你后座上了……"

男孩回头望一眼，看起来有些困惑："哎，什么时候上来的？我怎么都没发现？"

在安歌拿起包裹的时候，他又瘪了瘪嘴："你能借我下手机吗？"

"要找人修理轮胎？"安歌边顺口问着，边递了手机过去。

　　"不是，我自首。"男孩打了个哆嗦，吸吸鼻子，补充道，"这车是我师兄的，我看它帅，偷偷开出来的。本来觉得半小时内开回去应该没事，现在看来，暂时是开不回去了。"

　　风把他的刘海吹得有些乱，低着头的时候，看起来更小孩子气了。

　　男孩委委屈屈打电话报告状况，像是在被训。

　　他打完电话之后，安歌不自觉就开了口："偷偷开车？你多大了？"强行咽下那一句"成年了吗，有驾照吗"。

　　她从男孩手里接回手机。

　　"我知道你在想什么。"男孩看起来有些不高兴，"我都工作了，不是无证驾驶。再说，谁知道这轮胎会忽然爆掉，还好没出什么事儿……阿嚏……"

　　这句话让安歌莫名有些心虚。

　　"你是不是冷啊？"她转移话题，"冷的话，为什么不把车顶打起来？"

　　男孩继续抱着手臂："没找到怎么打起来……咳咳，再说了，敞篷多帅啊，打起来就不是这个味道了！"他搓了搓手，忽然想到什么似的，"对了，谢谢你的手机，我师兄说等会儿来接我……"

　　真是一句很明显在暗示她为什么还不走的话啊。

　　安歌刚刚准备告辞，就又听到男孩闷闷的声音："所以能麻烦你再等一下吗？嗯，那个，如果你没事的话。我就是刚刚想了想，怕他找不到地方，我又借不到手机。"

"呃？"为什么不按照套路出牌？安歌一愣，对上对方带着点期待似的小动物一样的眼神，不自觉就有些心软，"好吧。"

男孩眼睛一亮："谢了，那你要不要坐上来？"

瞥了眼自己的衣服，安歌一脸纠结："还是不了吧，看这车也挺贵的……"

像是这时候才发现安歌一身泥巴，男孩却只是"啊"了一声，不知道想到什么，眼神忽然变得有些同情。

"工地上不是很辛苦吗，怎么会要女孩子……"他抿了抿嘴唇，低声嘀咕着什么。

安歌没有听清楚，刚刚准备开口问，却不想身后忽然传来个声音，熟悉到让人头皮发麻。


"陶尔琢？"

"师兄，你来了！"

顺着这个声音，安歌回头，正对上顾泽的眼睛。

有树叶被风吹落下来，擦过他的肩头落在脚边。说来奇怪，分明是阴天，可那个人却像是在阳光下一样，只那么一步，就把阴雨甩在了身后……

不愧是男神啊。安歌不自觉地默默低头，大脑却在这一刻忽然断电，像是被什么劈中了。

等等，他的师兄，是顾泽？！

而另一边，看见安歌的时候，顾泽也很是意外，可他却只是抬手压低了帽檐，接着理了理立起来的领子，对着安歌笑笑，随即转向陶尔琢。

"偷溜出来不训练，不怕被发现吗？"顾泽没好气地说。

"我以为自己挺小心了来着。"陶尔琢缩了缩肩膀，赶在顾泽开口之前连声认错，生怕被责骂一样，"师兄，我错了，你不会告诉老师吧？"

顾泽干笑两声："难道你不该先和我解释一下这辆车吗？"

如果是平时，能在路上偶遇顾泽，安歌的第一反应一定是跑过去要签名、要合影。可经过了那个晚上，现在的她再看见顾泽，就算还是粉丝，却难免觉得哪里怪怪的……

顾泽到底是谁、他是什么身份、怎么会有那样的能力……还有，他和那个世界到底有什么关系？能够随口说出 K-HI 的人，他不可能只是一个简单的演员。

虽然那个晚上顾泽没有承认自己就是顾泽，但有哪个迷妹会认错自己的男神呢？

安歌木在原地，心里不知道为什么变得特别乱，而在她心里搅得最欢腾的那根棍子，就是那个叫 K-HI 的组织。

## 3.

不知过了多久，凉风钻进安歌的领口，冻得她一个激灵。她猛地回过神来，然后下意识就扯住顾泽的袖子。

虽然现在的一切都只是自己的猜测，但这种心情，没有经历过的人恐怕是体会不到的。

从以前到现在，安歌等了很久也找了很久，却始终找不到半点儿和"那个世界"有关的人和事物。

妈妈消失的时候，她还只是个小孩，无助、害怕，却知道这样的事情不能和别人讲。她没有办法去倾诉，只能边等边找，希望有一天可以去到那里。

一个人待得太久，她很想知道，和爸爸妈妈生活在一起是什么样的感觉。

而现在，她终于看见希望，所以，哪怕渺小也要抓住。


"那个，请问一下，你……"

"没错，他就是顾泽！你是他的粉丝吗？"陶尔琢兴奋地开口，"师兄，你要不给她签个名或者留个影什么的？！"

被这么一打断，安歌瞬间清醒。是不会承认的吧？而且，那天晚上，他好像是在追什么人……

在极短的时间里想了很多事情，安歌松开顾泽的衣袖，还狗腿地拍了拍上面的褶子。

"啊，不好意思，弄皱了哈……对对对，那个，男神，我是你的粉丝，请问可以签个名吗？"

对着瞬间变脸的安歌，顾泽笑了笑，什么也没发现一样。

"抱歉，没有带笔。"顾泽扬唇，"不过如果没有记错的话，你是叫安歌？"

"嗯？啊，是……可是你怎么会知道我……"

"未来的一段时间应该会经常见面。自我介绍一下，我是顾泽，在你接下顾问的那部剧里饰演督陶官的角色。虽然现在还没有对外公布演员名单，但毕竟是合作对象，这样说一说应该没有关系吧？"在满意地看见安歌怔松点头后，顾泽轻笑，"那么，以后还请多多指教了，安指导。"

谦谦有礼的温和模样，和平常看的电视采访没有出入，却和那晚看见的他相差甚远，远得安歌也不禁怀疑，那晚的那个人是不是真的只是和他长得像而已。

难道，真的是那天晚上太黑，她没有看仔细吗？

安歌不动声色地打量了顾泽几眼，清了清嗓子："你有没有什么兄弟？"

"没有。"顾泽像是很意外，"做什么？"

意识到自己的问题有点蠢，安歌干笑几声："介绍对象。"

在看见对方成功被自己弄懵了之后，她又接着干笑几声："逗你呢，哈，哈哈……"

顾泽也轻笑几声："呵呵，安指导也是很幽默的。"

接着，就是谜一样的沉默，还是陶尔琢率先打破了它，张嘴却是一个耿直的问句——

"看你们两个一脸尴尬的样子，是冷场了吗？"

这种事情一定要说出来吗？

"有吗？"安歌在心底揪了一下，面上却很大方，"啊，刚刚想起来还有一点事情，我就先走了……"

"了"字还含在嘴巴里，眼前却忽然闪过一个黑影，安歌被瞬间吸引了所有注意，不自觉噤了声。与此同时，脑海中飞快地闪过一个画面，让她不禁感到一阵莫名的惊慌。

这种感觉很熟悉，好像是很久以前发生过的什么不好的事情。只是隔得太久，加上她心乱，想不太清楚。

"好快啊，是什么东西？"安歌小声嘀咕着，像是不解，挠了挠头。

顾泽顺着她望着的方向看去，却什么也没看到般："你说什么？"

"你没看见吗？刚刚那边有个影子……"安歌说着，可没讲几个字又打住了，她摆摆手，"也没什么，可能是我看错了吧。"

"是吗？"顾泽低下眼帘，眼睛里飞快地闪过几分不明的情绪，"如果没有别的事情，我们也该回公司了，我刚刚路上叫的拖车公司应该马上就到。"

安歌转向顾泽："嗯，那我先走了，再见。"


踏着落叶走远，安歌没有发现落在自己身上的目光，满心想的都是该怎么和顾泽打探那个组织才不会显得突兀，甚至还因此踩进了小水坑里，溅起一裤脚的泥水。

陶尔琢在顾泽和安歌之间来回打量，忽地跳起来拍了下顾泽的肩膀——

"师兄！"

顾泽被这一拍吓了一跳，转过身来，尽量放平语气："干吗？"

"你一直盯着人家，是干吗啊？"陶尔琢笑得意味深长，怼了他一下，"而且，虽然我知道师兄你记性好，但是只在资料上看了一次就记住，这也太……"

"你是不是忘记和我解释什么了？"打断陶尔琢的话，顾泽扬唇，敲了敲车门，满是暗示，"还有，老师那里的话，他已经在找你了。"说完之后，他拍了拍石化在原地的陶尔琢的肩膀，像是安慰，"自求多福吧，还有，维修费你出。"

## 4.

夜色漫漫，深秋的晚上很冷，尤其是夹着细雨的寒风打过来的时候，更是凉得刺骨。

在安歌所住的屋子外，明明暗暗地潜伏着数个黑影，没有脸、没有实体，每一个都和顾泽之前捏碎的那个一样。它们偶尔安静，晃晃停停，偶尔从路人的身体里穿过去，却没有一个人看见它们的存在——

除了屋子里拉紧窗帘缩在床脚的安歌。

安歌住的地方是陶艺室的二楼，一间由杂货室改成的小小卧房，书桌前方有一个不大的窗户，只要拉开窗帘，就可以把外面的景象看得一清二楚。

在这之前，安歌很喜欢这种感觉，她一向喜欢小一点的房间，不会空旷，也更让人有安全感。然而，现在却出现了弊端。

狭小的空间，关死了的门窗，本来就不足的氧气，随着她紧张的呼吸渐渐被消耗掉……在这一刻，安歌忽然感觉有些窒息。

也就是这个时候，窗外忽然传来"咻"的一声，像是有一阵风击在了玻璃上，风声过后，传来清脆的响动，像是敲击的声音。

安歌猛地打了个哆嗦，眼睛不受控制地瞪着窗帘处，可外面的声音却并没有因为她的害怕而停止，反而越来越大，大得让人忽略不了。

她顿了一会儿，飞快地躲进被子捂住耳朵，外面的声音却在这时莫名就停下了。

可那也不过片刻，瞬间之后，声音骤大，甚至比之前更加让人心慌。原本的敲击变成一阵阵指甲划过玻璃的声响，冷风不知道从哪个地方灌进房间，却并没有缓解屋内氧气不足的状况，相反，越发让人无措起来……

安歌咬住嘴唇，死死闭着眼睛，却挡不住窗外那尖锐而刺耳的声响，一下一下刻进她的脑子里，让人头皮发紧。

她颤抖着手抓紧了裹在身上的被子，眼前闪过一帧帧画面，那是被她遗落在记忆深处的恐惧，原本以为已经过去了，不想今天却再次上演。可即便这样，她还是在心底默默安慰自己。

也不是第一次了，没有必要害怕，那些不知道是什么的东西，它们伤害不了自己的……如果有什么实质性的危险，自己早就死掉了，不是吗？

忍一忍，再忍一忍……

它们马上就会走了。

再忍一下就好。

**5.**

是，这不是安歌第一次遇见这种状况。也是这个时候，她才终于知道为什么自己下午看到黑影闪过的时候会那样心慌——

毕竟，这是她记忆最深处的恐惧啊。

脚趾蜷在一起，安歌尽量把自己往角落里靠，脑子里却不自觉地浮现出许多画面。

隐约记得那是很久以前的一个深夜，当时很黑很冷，那个时候，她的妈妈刚刚离开，而她还小，什么都不懂不会，也没有能力保护自己。

然后，她遇见了这些影子。

危险这种东西，是不论男女老幼都能感觉出来的，当年的她尚不清楚，但后来回想起来，那些影子，分明就是想杀她。却不知道为什么，在它们袭击过来的那一刻，有白光在眼前闪过，强烈灼人，让她忍不住闭上了眼睛。而她再次睁开的时候，四周已经恢复了平静，一点痕迹都没有留下。

这一切的一切，像是个噩梦，但如何惊险、可怕，在她醒来之后，也都不见了。

不是没有余悸，也不是真的害怕到分不清虚幻和现实。对于安歌而言，她还是更愿意相信那只是个梦。毕竟，除却太过恐怖不愿回想以外，在那之后，她的生活也是一直平平静静，她也再没看见这些想杀她的影子。

相信虚假的，总是比承认真实的，更让人安心吧。

而后时间一晃，就到了现在。

中间的日子，她过得很是安稳，那个不好的晚上，被她团成一团丢在了记忆的角落，落满了灰。甚至在见到顾泽撕碎那团黑影、在车前看见黑影闪现的时候，她都没有回想起这一切，也没有反应过来。

闭着眼睛却抵不住胡思乱想，在凌乱的响声里，安歌的脑子里一片混沌。

记忆像是被剪成碎片，散在各个角落，有根线串联着过去与现在，交错着以电影的手法，让那些碎片轮番闪现在她眼前，而最后的画面，是一张脸——

顾泽。

顾泽！

没错，黑影、K-HI、异世界、逃出来……

他一定知道些什么！

那根线将碎片里所有与此相关的东西串在一起，清清楚楚地摆在她的眼前。

可是，即便被分散了注意，安歌却始终不敢睁开眼睛，直到耳边传来划破风声的一声惊呼——

"小心！"

她这才意识到，不知什么时候，蒙着的棉被已经掉在了地上，而那些影子已经闯了进来，她就这样以最弱的模样暴露在那些黑影眼前。

"顾泽？"看清楚窗台上半跪着的人的安歌惊叫出声。

而下一秒，无数团黑影雾般汇聚，化作黑气直直向她涌来——

霎时，光芒大作。

和那一年的情景分毫不差，安歌拼着被灼伤的危险努力睁大眼睛，想看清楚当年所没有看见的东西，却只能隐约望到白茫茫一片，其余的，什么也看不到。


## 6.

良久，白光消退，如同浪潮退下沙滩。

安歌怔怔地坐在墙角，好一会儿都没有回过神，还是顾泽撑着受伤的腿爬进来，弄出一些响动，让她反应过来。

"嘶……"

"你没事吧？"在听见顾泽倒吸冷气的时候，安歌急忙跑上去扶他，却被他让血濡湿的衣服给吓得语无伦次，"你、你怎么……"

"没什么，血不是我的，我只是擦伤了一点点而已。"

顾泽轻轻地一跃跳下书桌，旋过的腿却不小心扫到了桌上摆着的杯子。

刚刚打算松一口气的安歌，余光一瞥却正好看到往桌檐方向滚动的马克杯，眼疾手快地立马扑上去接，却没想到脚下一滑……

"哎！"她一声惊呼。

顾泽下意识地伸出手揽住安歌，另一只手只稍微往旁边一伸就接住了从桌上滚落的杯子。

顾泽低了低眼睛，望向怀里的人，然后很轻地开口："你没事吧？"

睁开眼睛，安歌看见顶上的灯从他的身后打过来，有些刺眼，而他就这样逆着光，勾勒出那样好看的轮廓。

其实安歌早就过了相信王子存在的年纪，也早就不喜欢那些偶像剧，甚至一向以"老阿姨"自称，就连追星也只是在电脑前刷刷新闻贡献收视率……

但是这一刻，她的心就像是一面鼓，被某只手拿着鼓槌敲个不停。不痛，但很响，有回声的那种响。

怀里的人不说话，只是这么盯着自己，不知道为什么，顾泽觉得自己的喉头莫名有些干："你还好吗？"

"呃？啊！好，挺好的，你呢？"

闻言，顾泽收回手臂，把人带起来。又过了一会儿，他轻咳几声："其实我是不介意的，美人在怀的感觉也不差……但是这么近的话，好像不是很方便说话？"

安歌的眼神变得有些疑惑，可不一会儿，在看清楚他们现在的姿势以后，又变得慌乱，脸也腾地热了起来，之后瞬间往后面退去，顷刻拉开一段距离。

## 7.

安歌真切地体会到了一种感觉——

那是抓心挠肺的焦灼感，她是真的为了脑子里荡出来的水而对自己感到绝望。

这都什么时候了啊，还对着人家的脸发呆？这样的反应很奇怪哎！等等，果然，美色误人，实在误人，古人诚不欺我。

胡乱想了好一堆才抓住最开始的重点，安歌甩了甩头，再次看向顾泽，却没想到，对方正饶有兴趣地打量着她的杯子。

嗯，马克杯，官方限量款。那上面印着一个大大的顾泽的头像，冲了热水之后反面还会现出一个卡通头，非常可爱……

但是，这个杯子！

是不是出现得有些不是时候？！

安歌好不容易平静下来的内心再次翻滚，滚得很是欢腾，欢腾得像是火锅里的底料，加辣加辣，加了许多辣，连蒸汽里都带上来不少的辣味，甚至有点……辣眼睛……

"那个……"安歌抓准时机一把夺过杯子，把它藏在身后，假装什么也没有发生过一样，瞬间正经脸，"你怎么会在这儿？"

有了一个开头，理智也像是被这句话拉了回来。

"那天晚上，也是你吧？"顾泽环着手臂望着安歌，笑得有些微妙，不答反问，"真的是粉丝？"

这句话像箭一样"咻"地射中安歌脆弱的小心脏。

"是、是啦……"安歌的气势莫名就弱了下来，但是突然想到什么，又莫名回弹，"所以，你不是人？还是，你要再告诉我，你不是顾泽？"

脱下被血浸湿的外套，无视默默退后的安歌，顾泽很是疲惫似的，仰了仰头坐在书桌前的椅子上，伸手按了下眉心。

接着，是突兀又奇怪的一句话。

他说："合作吧。"

安歌完全没有反应过来，除了一脸懵逼，就是满脸懵逼。

"什么？"

## 8.

休息了好一会儿，顾泽再次抬起头，眼睛里满是认真，没有了之前把玩杯子时的戏谑，取而代之的，是极沉极重的认真凝肃。

他盯住她的眼睛，用的是肯定的语气："你不是这个世界的人。"

"我当然是……"

"但这个问题现在不重要。"顾泽自顾说着，"你有特殊的磁场，能够瓦解对方所有的能力，尤其是对方对你想做什么的时候，作用越强，反噬越大。所以，来杀你的它们，杀不了你，我也洗不掉你的记忆，还被封印住能力，直到刚刚才解开。"

顾泽顿了顿："这份能力很难得，我只在认识的一位前辈身上看到过。很巧，那位前辈，也来过这里。"

"这里？"安歌的心颤了颤。

"嗯。"顾泽扯了扯领口，用着随意的语气，"我是指，这个世界。"

清浅的一句话，却如同重锤，狠狠敲在安歌的心头。

如果不是被理智牵着，安歌几乎要跑过去握住他的手了。因为在他提及那位前辈的时候，言语间给她留下的第一感觉，就是在说她的父亲。

可她到底不傻，过了最开始的惊讶期，理智一点点回笼，她明白，在这样的情况下，警惕心尤为重要，即便是男神也未必可信。

就算一切真的如他所说，可联系到妈妈的日记，她也大概猜到那个世界被分成两个阵营。但她怎么知道顾泽是站在哪一边的呢？她又怎么能确定他说的是真是假？甚至，她怎么能够确定，那些黑影不是他弄来的？怎么知道这是不是一场阴谋？

"你在说什么，我都不太懂哎。"安歌玩着手指，状似无意，"你从一开始就说我不是这个世界的，又好像是在追什么人……你到底为什么会这样说？你在追的是谁？怎么会跑到这里来？你在跟踪我？"

安歌以为自己掩饰得很好，但话语里却满满的都是进攻的意思。而很多时候，进攻是在防护，保护自己不被看穿。

顾泽垂眸，叹了口气，站起身来。

"有警惕心是好事。我会让你相信我，和我合作。"顾泽拿起外套，凑近安歌，丢下这么一句话。

然后，在安歌怔愣的时候，他飞快地塞了个东西在她手上："这个你随身带着，记住，千万不要离身。我不知道它们是不是因为那个晚上我无意撞见你才缠上你的，虽然它们好像影响不到你，但如果有什么事，你把它摔了，我立刻会出现。"

接着，他转身跃上窗台，然后纵身一跃，就这么消失在了夜色里。

愣了一会儿之后，安歌走到窗台边，向下看去，街道上空无一人，早就没有了顾泽的影子。她若有所思地抬起头来，却只看见云雾，看不到被挡在后面的月亮。

然后，她开始打量手心里的小东西。

这个东西看起来像是一块石头，敲一敲却又脆得很，一摔就能碎似的。安歌拿着它，沉思了一会儿，想了想，把它揣进口袋。

良久，她再回过身子，准备打起精神清理房间，却看见屋内一片整洁，甚至连顾泽留下的血迹也都不见了。

安歌一怔，转身的时候正巧看见桌上放着的杯子。

她不自觉地走过去，拿起来，轻轻摩挲。

她的表情看起来有些困惑。

"合作？"

顾泽想说的，是怎样的合作呢？

# 三
/ 这俩手机有点配 /

**1.**

陶艺室里，安歌一边调着釉，一边发呆。

她能看得出来顾泽的认真和急切，也以为，照这样看来自己很快就能再见到他，却没想到，那天之后，他再也没来找过她。正因如此，她也就没有办法去了解自己想知道的事情。

她放下手里的东西，拿起手机，翻到了某个号码，然后停下。

这是陶尔琢借手机那天留下的，如果没错的话，应该是顾泽的手机号码。

"那个什么合作的……要不然，先答应下来，再找机会打探？"安歌想着，不一会儿又否决自己，"不行，不行，都不知道是些什么事情，在弄清楚之前还是谨慎些更好。"但又存着几分侥幸，"说不定不是多严重的东西，先答应着……可是，我突然转变这么大，他说不定也会怀疑吧……"

　　思路像是被堵住了，她越是心急越是在意就越想不出来。也许在黑影出现的那一刻，顾泽对她的意义就已经改变，不再单单是曾经仰望的男神，更是目前为止，她所能看见的、自己见到家人的唯一的希望。

　　所以……要接受他提议的合作吗？如果这样才能够得到自己想知道的信息的话。

　　她长长地叹了一声，像是有些无力。

　　坐下、起身反复了无数遍，依然理不清头绪。安歌挠了挠头，刚想放下手机，手机就忽然响了起来，上面的备注是"导演"。

　　安歌眼睛一亮："有了！"


## 2.

　　与此同时，另一边的顾泽正困在郊区的树林里，无数个黑影将他团团包围。

　　如果是在平常，做这样的事情，他会用另一张脸，而不是"顾泽"。那样，一是可以掩饰身份，二是只有在换上那张脸的时候，他才能够使用自己的能力。

　　但是现在他无法变脸，这种情况只有一个原因——他已经虚弱到没办法再使用能力了。

　　像是被安歌反噬的那一天，也像现在。


　　那些黑影如同龙卷风，带着吞噬一切的狂暴，它们将顾泽与外界隔开，把他封在一个密闭而狭小的空间里，连个透气的小孔都没有留下。

顾泽倒在地上，死死地捂住伤口，他分明已经没有力气反抗了，面上却是副云淡风轻的模样，半点儿不像是落于下风的人。

这时候，腹部一阵抽痛，像是被刀搅了一番，那里渗出血色，顾泽却只是微微皱了个眉头，立刻平复过来，没事人似的："怎么，我已经不具备威胁了，还不出来吗？"

这些黑影只是那个人的手段，没有思想，说了它们也听不懂。他这句话，是在问它们背后的那个人，也就是他要找的人。

那个人，是传说中 K-HI 的高层，也是在他们那个世界里，搅出一阵血雨腥风、组织内部最大的叛徒。

顾泽的任务，就是找出负伤潜逃至此的他，并将他带回去，绳之以法。

"怎么，就算我变成这样也还是不敢出来？"

话音刚刚落下，顾泽就感觉到黑影之外的气息变弱，看来那个人离开了。顾泽苦笑一声，想必自己真的要死了，不然那个人也不会走得那么放心。

那个人，没有人知道他长什么样子，没有人知道他到底有多强大。而来到这里抓捕他，也不是每个人都能够接下的任务。

毕竟是穿梭时空、突破空间壁垒去往异世，还要消耗能量抓捕那样的大人物，这样的强度，不是每个人都能够承担得住的。

可顾泽从接下这个任务，到如今，已经六年了。他在这里待了六年，六年里，他没有回去过一次。

瞥一眼身前围着他高速旋转着，快得几乎呈现静止状态的黑影，顾泽稍微坐起来了一些，小心翼翼地调动自己的能量，却只能感觉到一团散气，他苦笑了下。

原以为可以完成任务，没想到还是一败涂地，还可能会死在这里。想一想，也挺不平的，亏他前几天还以为找到了帮手，还和那个女孩谈什么合作……

心神一晃，在这一刻，顾泽的眼神骤变。

等等……那个女孩……

忽然想到一件事，他嘴角轻扬，眼睛里有光微微亮——

也许，现在还不用死。

**3.**

阴了许久的深秋，今天终于出了太阳。

走在街上，伸一个懒腰，安歌看上去有些累，但是眼睛里却是神采奕奕的，脸上也带着浅笑。

果然，谁说一定要接受那个什么合作才能接近他？用别的办法一样可以啊！

虽然那时候是为了报酬才接下这个难当的技术指导，但现在看来，真是幸好没推。不然，她怎么可以和导演提议培训，然后借着这个"培训指导"的名义，去接近顾泽，找机会问他话呢？

不过……

她捶捶肩膀，打了个呵欠。

那个导演还真是麻烦，什么都要问什么都要提，还那么严肃，一点都不好糊弄。不过，想必也是因为对这部电影的认真和重视吧。

这时候，天边忽然飘来几丝黑烟，它们穿过低矮薄云，从人群中游来，直直钻进她的口袋。

安歌一惊，下意识向口袋摸去，那个地方安安静静地躺着一块石头形状的小东西。她赶忙拿出来，却看见，不同于之前的半透明，此时的它周身漆黑，上面浮现出一层青灰色雾气，看得人心里发沉。

突然，躺在她手心里的石头，振动了一下。

那一下的振动，吓得安歌差点把它丢出去。

隐隐约约之中，有一种直觉，指使着她将那东西凑近耳边，似乎这样就可以听见什么。

不得不说，第六感这种东西，真的是很灵的。

安歌听见里面有一个声音，是顾泽，他在向她求救。

安歌站在原地，像是怔住了。但那也只是片刻，回过神后，她立刻把那东西收进口袋，一秒钟都不带耽误地打了车就往他说的那个地址跑。

她不知道他现在是什么状况，也没有时间过多地去考虑那个地方是不是有什么危险。她只知道，那里等着她的，不只是她的男神，更可能是唯一知道她父母的线索的人。

这么多年，安歌始终不曾有过别的奢求，她一直很小心，愿望也只敢许一个，那就是希望家人团聚。她不敢祈求更多，生怕自己随意许的哪个愿望灵了，会占掉她祈祷的份额，让她这辈子都再见不到自己的父母。

安歌就是这样，一边努力保持着开朗和乐观，一边又小心翼翼地害怕和担心，她就是这样长大的。

而顾泽，安歌到现在也还是疑惑，不知道他到底是什么人、什么身份，却有一点，是她再清楚明白不过的。那就是，他是她等了这么多年、找了这么多年，能见到家人的唯一希望。

所以……

计程车后座上，她紧紧地握住那块石头。

"一定，一定不能有事……顾泽。"


## 4.

跟着那块石头一样的东西来到郊区的时候，安歌隔着老远就看见树林里的一团黑气，于是飞快叫停了司机，付了钱就往那个地方跑。她完全没注意到身后司机小哥的惊恐眼神，以及对方收完钱立刻开车掉头的快动作。

这次的黑气真是过于强大，连普通人也可以看得一清二楚，它们聚在一团，安歌每朝着那个方向走一步，手中握着的那块石头就更烫一些。

她抿着嘴唇，停在距离黑气十几步远的地方，有些不确定，于是试探性地喊了一声："顾泽，你在吗？"

原本飞速旋转的黑气在这声之后意外停了下来，然而，里面却没有回应。

安歌手心里的石头变得更加灼热，烫得她几乎握不住。

安歌沉了沉气，慢慢朝着那个方向走去。

奇怪的是，她每靠近那儿一步，那些黑气就淡化一些，再进一步，又淡一些，直到最后她停在顾泽面前，那团黑气已经淡得几乎看不见了。

望着躺倒在地的顾泽，安歌咬咬牙，准备去扶起他，然而，就在她伸手过去的一瞬间，原本淡化的黑气陡然冒起。它们像是疯长的藤蔓，一缕一缕从地下钻出来，巨蟒一样缠住了顾泽。

安歌发出短促的惊呼声，下意识地就扑过去，却没有想到黑气始终将她隔绝在外。

安歌急得冷汗湿了一背，就想撞上去，可那黑气不是实体，像飓风，一阵一阵地把她往反方向带离……

"让开！"

情急之下，安歌大吼了声，同时握着那块石头的右手狠狠地划过那层层黑气……

霎时，像是被刀刃劈出缺口，层层黑气被重重割断。

同时，不远处的大树后，站着一个被宽大帽檐遮住半张脸的人，他猛地捂住心口处，像是受到了重击一般。

倏地，黑气散去，四周恢复了平静，静得像是什么都不曾发生过。

安歌深深呼吸了几下，余悸未平似的，抬手抹了一把额头，甩出一把汗来。

她飞快地蹲下，扶起顾泽，语气焦急："你怎么了，顾泽？"

看见对方苍白的脸色时，她也跟着白了脸，好一会儿，她像是被自己的想法吓到，再次开口，却带上了颤音，手上也不自觉加大了力度晃他。

"顾泽，你没死吧？别吓我……"

"咳……"本来身上就疼，现在好不容易松一口气，却又被晃得整个人都是晕的。顾泽强撑着睁开眼睛，还没有来得及说话，就被抹着眼泪的安歌打断了。

"你到底怎么样？你倒是说句话啊！"

"我……"

"你不是真的死了吧？不行，我好不容易才、才找到你，好不容易才有一点希望，我什么都没来得及问……"

安歌自顾自地哭得满脸绝望，完全没有注意到气若游丝的顾泽。她这副样子，让顾泽觉得奇怪和不能理解——现在的他对于安歌什么都不了解，自然也没有办法体会她的心情。毕竟他和安歌也没多熟，怎么就让她哭得这么伤心了？

顾泽还没来得及多想，就看见不远处的树后有衣角一闪——敌人发动了攻击！

随即，有风骤起，由上而下带着煞气猛拍过来，如同巨兽落掌，能把人拍得粉碎。

顾泽已经连说话都觉得困难，却下意识地把安歌推开，接着运出所有的能量聚在掌心，抬手对上那阵狂风……

安歌倒在一旁，一抬头就看见顾泽一脸吃力的模样。她并未发觉周围的异动，只是对他突来的一推，有些意外。

事实上，那阵阵煞气虽然猛烈，却只聚集在顾泽一个人的身上，旁人不能察觉到一丝变化。

现在没有风，可顾泽身边的小草却被某种无形的力量死死压在地上。安歌望着额角爆出青筋的顾泽，虽然不知道发生了什么，却莫名觉得好像有些事情正在她面前发生，她却无法看见。

顾泽拼着自己的最后一分力气坚持着，他不知道自己能撑多久，却知道，如果这样耗下去，自己是没有什么胜算的……

心口处一阵绞痛，最后的力气被耗完，顾泽眼皮一重，手臂就这样垂下来。

这个时候，安歌猛冲过来，举着那块石头对着顾泽的周围猛烈地挥舞着，原本她总是微带笑意的眉眼，此时也凝重得吓人。

她大喝一声，划过无形却能明显感到阻力的空气——

凝滞感骤然消失，树后的人在这时候呕出一口血，宽大帽檐下的脸浮现出不可置信的表情，他稍稍抬了头朝着安歌的方向瞥了一眼，然后快步离开。

虽然依旧不清楚状况，但安歌却隐隐感觉到了某些变化。她飞快地蹲下身子扶住顾泽："刚刚怎么了？你还好吗？"接着抬起头来打量着四周，满眼的警惕，手却微微有些抖，像是在害怕，"应该不会再有其他事情了吧……"

和寻常的女孩子不一样，安歌从小一个人生活，也不是没有见过那些奇怪的东西，对于离奇的事物，她的接受能力很强，胆子也是公认的大。可就算这样，在这个时候，她依然有些害怕，毕竟这是她连想都没有想过的离奇事情。

毕竟每个人的承受能力都是有限的。

顾泽忍着身上的剧痛，用尽力气抬起手，戳了戳警惕着四周的安歌，没戳动，于是再戳。也不知道是连续戳了多少次，对方才终于低了头，通红着一双眼望着他。

半晌，安歌揉揉眼睛，如释重负般长呼口气，声音里带着浓重的哭腔。

她哑着嗓子对他说："你没死啊……"

如果有更多的力气，顾泽一定会满脸黑线地问她这种语气是怎么回事，是多么希望他死之类的话，但是他现在身受重伤，只能低哑着嗓子，对她说："先带我离开。"

简单的五个字，却不知道是用了多大力气才说出来的。这种感觉，就像是肺里的空气都被挤了个干净。

说完一句话，他蓦然感觉眼前一黑，之后，再不知道什么了。

**5.**

再次醒来已经是第二天的中午。

不过刚刚清醒，顾泽立刻在体内将自己的能量运转一周。六年了，他终于发现那个人的踪迹，却并不如想象中那么高兴。

这不是一件好事情，因为是对方先来找他的。

看来，对方是害怕危险，想先除掉他。

顾泽原本还算是有信心，但就昨天的较量看来，敌我实力太过悬殊，他就算是没受伤都不一定打得过，更何况是现在。虽然现在他体力也恢复了些，但到底不是轻伤，昨天那场较量真是伤及根本，想必短时间内也无法恢复如常。

但在敌暗我明的情况下，他得保持住自己的能力，至少不能再经历一个"昨天"。

然而，有一点，他真的没有看错——安歌身上的特殊磁场可以化解掉对方的所有力量。

只是，本来说那个东西是为了在她有意外的时候自己赶去救她来着的，没想到反倒被对方救了，顾泽想到这个，忽然就觉得有点惭愧，是真的惭愧，惭愧得整个人都不好了……

对方是个女孩子，顾泽其实认为，有危险的时候应该是他保护她，而不是他将她叫过去，帮他脱险。

他叹着气睁开眼睛，刚准备活动一下自己酸麻的手，转头就对上一张累极的睡脸。也是这个时候，他才发现，自己的手臂酸麻，似乎，不是因为昨天的打斗。

这种感觉，更像是被某个人枕了一晚上……

似乎是睡得不大安稳，安歌时不时发出轻微的梦呓，猫儿一样，乖乖软软地靠在他的身边。

顾泽顿了一会儿，从来清醒的头脑在这一刻被灌进一桶糨糊。

虽然说起来应该是他占了便宜，可这种情况，真的是让人有些不知道该怎么反应。

微愣之后，顾泽很轻地起身，用另一只手小心托起安歌的头放在枕头上，然后抽出手来，轻轻甩了一下，恢复血液畅通。接着，他起身，坐到了书桌边的椅子上，这时候才发现自己的衣服已经换下来了。

望着自己身上明显的女式宽松睡衣，顾泽的表情有些扭曲，却是没什么不满，只扯了扯袖口、扯了扯衣领，在无意间看见自己被绷带缠住的肩背处的时候，又不自觉扬了嘴角。

昨天的事情一幕幕浮现在眼前，联系着前因后果，顾泽又凑到安歌面前。

"哎，你该不会是照顾我太久，累成这样的吧？"

阳光从窗外打进来，将顾泽的影子投在熟睡中的安歌身上，也将他的轮廓勾出淡金色的边线。他想了想，伸手摘出安歌头发里的一片枯叶。

"连收拾自己的时间都没有……"顾泽的表情有些微妙，"却给我换了衣服、上了药，还包了绷带？"沉默片刻，他摇着头轻笑出声，眉眼在这一刻显得很是温柔，"谢谢。"


**6.**

这时电话响了起来，顾泽从床头柜上拿起，看到显示名是"李导"，顺手就划开了。

"你什么时候过来和我们对一下本子？这个剧本要设计很多专业上的东西，但是那些制陶的相关资料我这里找不全，你看看你那儿有没有什么相关资料书。"

听着话筒那边熟悉的声音，顾泽一时有些疑惑，对本子？

"可是，李导，上次您不是说，剧本需要再修改完善，所以现在的只是初稿吗？"顾泽的声音很轻，生怕吵醒了谁，"而且，这个资料，我可能不是很熟……"

电话那头忽然就没了声音。

顾泽握着手机等回复。

那边很久才开口："等等，你是？"

顾泽沉默了一下："李导，我是顾泽。"

话音落下，又是一阵死寂，不知过了多久，那边一句"是顾泽啊，我存错号码了"，就这么挂了电话。

顾泽握着手机一阵莫名，也没想太多，就这么把手机放了回去。

下一秒，书桌上的另一部手机又响起来。

一样的系统默认铃声，一样的款型颜色，这两部手机放在一起，估计谁都分不清楚。

顾泽转头望了一眼依然在熟睡的安歌，望了一眼刚才自己接过的手机，再望一眼桌上响着铃声的手机。

这一刻，他忽然有些懵。


顾泽挪动脚步过去，划开通话，声音有些干。

"喂，李导，我是顾泽。"

意料之中听到那边欲言又止的声音，但导演不愧是导演，一看就是见过大场面的。

停顿几秒之后，李导再次开口，已经恢复了平常的语气："我方便找一下安歌吗？"

"您等等。"

顾泽说完之后握着手机，对着安歌喊了几声，然而除了平缓的呼吸声之外，他没有得到任何答复。

等了一会儿，顾泽轻叹，拿起手机刚刚准备回复，却不想对方先开了口。

"安歌还没醒？"

也许是李导的声音太过正经，不容易让人想歪，顾泽顺着就回了一声"嗯"。可是，在听见对面若有所思般一声"啧"的时候，他又立刻回过神来："李导，您误会了……"

"啊，没事没事，我可以理解。"李导的声音很缓，"那我晚一点再打过来行吗？"

原本想说的话被噎了回来，一顿之后，也无意再讲些什么，反正相比较于他说的，想必李导还是更愿意相信自己所想的。况且，这样的状况下，说什么都像是在欲盖弥彰。

于是，顾泽直接回答："好的，我会转告她，麻烦了，李导。"


挂了电话，顾泽走向安歌，一边走，一边还打量着这两部手机。

"今天才知道，什么叫无巧不成书。"他笑了笑把它们放回床头柜上。

不知道是不是真的太过疲累，睡梦中的安歌没有半点知觉，她无意识地抬起手挠挠脸，嘟囔一声之后，很快就翻了个身背对顾泽，还顺手扫过去一块半湿的手巾。

从安歌的手臂下抽出那块被压着的手巾，顾泽歪了歪头，看了它一会儿，接着将安睡着的人往边上移了移。他的本意是想让她离床上被毛巾弄湿的那一块远一点，却没想到，顺着这个力道，安歌直接就这么翻了下去，并且摔出很重的一声……

真是听着都疼。


"你没摔着哪儿吧……"

顾泽绕过床去，然而，那个"吧"字还在嘴里没出来，看见眼前的情景，他露出个不可思议的笑容——怎么会有人这样摔下来都不醒的？

从以前到现在，所有的无奈感加起来还没这一个上午的多。顾泽轻轻摇了摇头，弯身抱起安歌，低下眼的时候，正巧看见她脸上沾着的泥和灰。

"昨天辛苦你了，还有，再说一次，谢谢。"

他轻轻俯身，把她放在了床上，接着拿过那块半湿的手巾擦掉她脸上的脏东西。

在他低头随意地折着毛巾时，微风自窗外袭来，把他的头发扫到脖子上，也许是有点痒，他随手捋了几下，而沉睡中的女孩无意识地也挠了挠脸。

他见状浅笑："好好睡吧。"

顾泽转身就走了出去，而后，边上的小厨房里传来一阵轻微的响动。

屋里依旧安静，除了一个熟睡着的安歌，就只剩下满室浅金色的阳光。书桌边的光强些，也就显得格外暖，光里有细微的尘埃被染得亮亮的，游动在空气中，像是被剪得细碎的星，莫名地让人觉得平和、静好。

# 四

/ 等等，这是误会啊 /

**1.**

安歌醒来的时候，顾泽已经离开了，外面的天很黑，书桌上却亮着一盏台灯，调的是最低、最柔和的亮度，不会打扰到人休息，却能够让在夜里醒过来的人不至于害怕。灯座下压着一张字条，上面的字迹苍劲而隽逸，是简单的两个字——谢谢。

"恢复得这么快吗？看不出来，还蛮细心的。嗯，不愧是男神。"安歌伸了个懒腰，胳膊上却忽然传来一阵酸痛，"我昨天是不是摔到哪里了？"

安歌走下床，这时，她才发现桌子上扣着的锅盖，掀开，里面是一碗白粥和一碗炒蛋，虽然冷了，但看上去还不错的样子。

安歌的肚子忽然响了一声，她也没想过热一热什么的，拿起筷子就把炒蛋往嘴里扒，嗯，睡了一天没吃饭，不止头昏昏的，而且还好饿啊……

"噗……"

刚嚼一下，安歌一口蛋就这样喷出来，接着又"呸呸"几下，吐出了一些蛋壳。

她望着这碗炒蛋，满眼的难以置信——

"卖相这么好，居然这么难吃？"

又苦又咸齁得慌，鬼知道他在里面加了什么。

没有东西填肚子，安歌又开始发呆。

在妈妈离开之前，她从未见过什么黑影，妈妈一走，那些黑影立刻就在晚上出现了，还是要来杀她的。第二次遇见那些影子，应该是前一阵子遇见顾泽的时候，那次她无意间撞见他的另一张脸，他因此想消掉她的记忆，并且提到 K-HI。第三次，是在这里，顾泽像是知道什么，就在那个时候闯了进来。第四次……

把所有事情点点地串起来，安歌陷入了沉思。她想，这些黑影一定和那个什么组织有关，而那个组织一定牵连着她爸，或许，顾泽会知道全部的真相。

虽然最开始顾泽一副不想让她知道的样子，但在之前他从窗外跳进她房间、说什么合作的那一次，安歌想，顾泽应该已经决定不再瞒她了。虽然他未必会把所有东西都告诉她，但至少，她总能知道一部分吧？

思及此，安歌拿起桌上的手机，打了一通电话。

响了几声，对方就接了电话。

## 2.

"是顾泽吗？我是安歌。"

"醒了？"顾泽慢条斯理地扣着袖扣，"觉得怎么样，应该没有伤到哪里吧？"

安歌停了停："没有，谢谢关心。那个，我打电话过来，是有一件事情想问你……"还没说完，她就听见电话另一边一个模糊不清的声音传来，似乎是有什么事情，在叫顾泽过去。

果然，下一刻顾泽就对她说："我现在在录节目，晚点联系你。"

"这么晚了，还要录节目吗？"

电话另一边传来一声轻笑。

安歌从以前就觉得顾泽的声音很好听，这感觉在看他演的电影的时候尤为明显。

她总觉得，有些单看很狗血的台词，由他念出来，就莫名能够戳中心里某个点，让人觉得感动。

而此时，他的声音通过电流传来，忽然就让她想起了那个时候，听得人有些酥酥的。

"现在还不算太晚，八点半而已，录节目不用很久。"顾泽扣好袖扣，对边上等他的工作人员略带歉意地笑笑，然后对她说，"我大概知道你想问什么。这样，你明天上午有时间吗？有的话，早上九点，我去你家找你。"

安歌沉了口气："好，那我在家等你。"

"嗯，挂了。"

说完之后，顾泽挂了电话，刚准备将手机交给经纪人，却不想回头就看见对方正以打量的眼神看着他。

**3.**

顾泽轻轻挑眉："怎么了，九哥？"

"该是我问你怎么了吧。"陆玖将本就细长的眼睛眯得更细，狐狸一样，"明天要去找谁？你知道的，公司暂时还不准谈恋爱，就绷不住了？"

顾泽拍拍他的肩膀，看起来有些痞气："别紧张。前两天不是陶尔琢把我车开走爆胎了吗？我出门没带钱，路上碰巧遇见个好心人士，就问她借了点钱送修。正巧明天没通告，我就想去还给她。"

"电话号码都有了，还钱不会加个好友打过去吗？还去别人家？是你蠢，还是你觉得我好骗？"陆玖满脸狐疑，"说，你是在外边有人了，还是有鬼了？"

顾泽笑得温和，却莫名让陆玖看得一个哆嗦。

"什么也没有，有的话，我会告诉你。"

"是吗？"陆玖退了一步拉开他们之间的距离，"最好是这样。"

顾泽摊手："就是这样，不要再为这种事情堵我了，我不太喜欢浪费脑子找借口，但也能保证不会给你添麻烦。"他说着，斜斜扬了扬嘴角，"你知道的，我这个人比较叛逆，如果你再堵我……"

"怎么样？"

"其实我也不能怎么样。"他掸了掸衣袖上沾着的灰尘，一脸轻松，"但我开始就说过了，我不喜欢舞台和通告，只想演戏。可现在嘛……"他顿了顿，凑过去，"哎，公司打出来的人设和我的差距挺大的，要不，我崩了它玩玩？"

陆玖皱眉，没有说话。

而顾泽在说完之后，转身就朝着工作人员走去，脸上的表情在转身那一刻迅速淡下，最后化成一个亲和的浅笑，像是戴上了一张面具，转眼恢复成大家眼里那个温柔的男神。

"喂。"陆玖背着光，叫住他，"记住你说的话，不要影响到工作。"

顾泽稍微停了停，在听完之后，又迈开脚步向前走去。

而陆玖却站在他的身后，薄唇微抿，环住手臂，若有所思地望着他渐渐走远。


顾泽身上有秘密，陆玖从签下顾泽的时候就知道，他也尊重每个人的秘密，所以从没问过。可最近顾泽的行为举止都太过奇怪，怪到他即便是睁一只眼、闭一只眼也忽略不掉的地步。

陆玖的食指一下一下地、轻轻地点着手臂，想了不知多久，最后轻嗤一声。

"算了，只要不影响到工作就好。"

至于秘密嘛，呵，谁没有些不能说的东西呢？好奇害死猫，很多事情，还是不知道的好。陆玖想通之后，朝着演播厅的方向走去。他望着站在舞台中间的人，抱着手，眼神有些落寞。

拥有的人不会知道，在他们看来很是平凡的一些东西，很大一部分，都是别人渴望却无法企及的，比如表演之于陆玖。

陆玖从很小的时候开始，就有许多奇怪的想法，而他最为渴望的，就是变成另一个人，以不同的视角来看看这个世界。也正是因为这样，他爱上了表演。

他发现，即便在演戏的时候，你的内心深处还是自己，但许多事情，却只有在沉浸于角色里才能够想到、看到。没有人可以真正变成另一个人，可是，在表演里，你却可以借着另外一双眼睛明白从前看不清的事情。

这种感觉实在很好，好到让人上瘾。

也就是因为这样，陆玖爱上和表演有关的一切，也开始习惯舞台。

本以为可以一直做自己喜欢的事，却没想到，他最终却还是依照那些人的要求，离开了演艺圈，转至幕后。

曾有圈内人为陆玖惋惜，毕竟陆玖是当时公认的、潜力和前途都是不可限量的新人。但他们不会知道，连这幕后都已经是他尽了最大努力争取来的，是那些人最大的妥协。

而那些人……

陆玖的眼神暗了暗，那些，应该算是他的"家人"吧。

陆玖深深地呼出口气，看上去有些无力。

从开始到现在，他看着顾泽一步步走到现有的位置，看着顾泽投入一个个角色。在这个过程中，他几乎是把自己的所有渴望都寄托在顾泽的身上。大家都评价说他是一个称职的经纪人，没有人知道，那是因为私心。

反正想做的事情做不了，他想，那么，看着自己打造出来的人完成自己的梦想，这感觉大概也不错吧？至少，算个安慰。

　　台上的灯光很亮，这样，就显得台下越发暗。

　　而角落的暗色里，陆玖就这样站在那儿，沉默地望着舞台。没有人知道，他在想些什么。


　　**4.**

　　第二天早上，安歌是在响起的电话铃声里醒过来的。

　　她迷迷糊糊地摸过手机，刚刚睡醒还是懵着的脑袋有些迟钝，接起电话，她理所当然就以为是顾泽打来的。

　　"喂，你到了吗？"

　　电话那头沉默了一下："什么？"

　　这个声音像颗手雷，一下子在安歌的脑子里炸开。她猛地坐起身子，狠狠掐了自己一下。

　　"李导？不好意思，我弄错人了……请问有什么事情吗？"

　　"昨天我打过电话来，顾泽没有转告你吗？"

　　"顾、顾泽？"

　　顾泽在她睡着的时候接了李导的电话？安歌握着手机，一脸懵圈。

　　"啊，没关系，大概他忘了，我年轻那会儿也很健忘，尤其是和女朋友在一起的时候，能理解。"李导的语气平和、正经，却让安歌听得差点儿被自己的口水呛到。

　　于是，安歌小心翼翼地开口，问："李导，那个，您是不是误会了什么？"

"我懂，你别担心。"

安歌的表情瞬间就扭曲了起来，像是有一堆话卡在喉咙口，吐不出来咽不下去。然而，心底消停了许久的小人却在这个时候转起圈圈，让人心情复杂。

"怎么不说话了？你放心，我不是一个八卦的人，再说圈子里不公开的多了去了。"李导说，"况且，这也不是没有好处，至少这个角色的专业性上，顾泽应该没问题了吧……"

讲真的，她本来是不担心的，觉得左右也就一个误会，说开了就好，但是在听见这句话之后，她莫名其妙就慌了起来——毕竟顾泽是她粉了那么久的男神啊，这样忽然被人误以为他们在一起……

这感觉实在奇怪，让人很难反应过来。

刚刚想解释，可是李导没有给她开口的机会。

"对了，我打电话给你，是想和你讨论一下这个剧本。虽然编剧已经尽量完善了它，但很多细节上的东西，我们找不到资料，所以无法核实，还有就是这个人物……"

于是，安歌认真地和李导讨论起剧本来。

说实话，最开始安歌接下这份指导工作的原因有两个，缺钱是一点，而更重要的另外一点，是因为她看见了对方的认真。

从大学以来，就有很多人联系她，请她出去演讲和做一些活动，她最开始觉得荣幸，就算自己不擅长言辞也还是欣然接受。后来却发现，那些请她的人并不是真的想要了解陶瓷，他们不过是在消费她莫名得来的"名气"。

在她看来，陶瓷是不能被这样对待的。

安歌喜欢陶瓷，喜欢默默一个人坐在陶艺室里对着瓷泥的感觉，她并不擅长和人交流，尤其是当对面的人数超过七个的时候，她就会莫名紧张，讲话也会结巴。

某次全国美展上，安歌的作品在圈内引起轰动，一组她在陶艺室里的照片也意外地在网上火了起来。

随后，有人翻出她的作品，称她为"天生的陶艺师""天才少女"。

那时，对她而言，开心和意外是一部分，更多的却是不安，她并不想得到大家对她作品之外的过多关注。

对此，她婉拒过许多人。

安歌的固执在很多人眼里是"艺术家的怪脾气"，也是因为这样，大家对她的热度开始减退。

然而，李导却从开始坚持到了最后，一直诚挚邀请她来担任指导顾问。她曾经不解，自己只是一个小辈，从来没有担任过这样的工作，哪里就能当这样一部大制作的艺术指导？

李导对此只说了一句话。他说，他能感觉到她对陶瓷的热爱，这一点与剧本里的主角很像，并且她的年纪不大，思维没有被定型，他想，她就是这个指导的最佳人选。

实在不好拒绝，于是，她答应先看看剧本再说。也正是在看了剧本之后，她转变了想法。

不得不承认，她被故事里那个督陶官身上的一些东西打动了，甚至她觉得那个角色所想的东西，就是她一直在努力追寻的。

　　还有，她能看得出这个团队对于这个故事的认真。如果不是这样，她不会愿意把时间过多地花费在这种吃力又烦琐的事情上。


　　"那就这样说好了，我待会儿就把剧本和批注发你邮箱……"

　　对方还没有说完，门口就传来一阵敲门声。

　　安歌在接电话，很久之后才去开了门。

　　"怎么这么久？我还以为你没有睡醒呢。"

　　顾泽说话的声音不大，但在这样安静的环境下，却足够让电话那端的人听清楚了。

　　安歌连忙比出食指放在嘴唇前，把顾泽拉了进来。

　　见状，顾泽一愣，小声问道："你在打电话？"

　　安歌点了点头，刚刚还抱着一丝小希望，想着说不定电话那端的李导没有听见呢。

　　却没想到，李导在沉吟了一会儿之后开口："顾泽来了吗？啊，正好说完了，那就不打扰你们了。那个剧本你记得看啊。"

　　"不是，李导……李导？"

　　安歌刚想说什么，对方却已经挂了电话。


　　"也不知道这个手机的传音效果怎么就那么好……"安歌嘟囔着，接着挠挠头，转向顾泽，欲言又止，像是有些犹豫。

　　"有什么事吗？"顾泽见状问，"如果有什么，直接说吧。"

　　"那我就问了？"她干咳了一声，"那个，这样过来没关系吗？

不会被认出来吗？我记得你好像可以变成别的样子。"

安歌下意识觉得这样问出口不太好，但顾泽却没有别的反应，只是耸耸肩。

"是可以，但最近是非常时期，需要保存体力，变成那样其实消耗挺大的。"他望一眼她摔青的手臂，"那天还好吗，没有别的问题吧？"

在看见安歌摇头示意之后，顾泽像是松了口气："那就好。对了，我记得昨天晚上你像是想问我什么，现在问吧。问完之后，给我一点时间好吗？我想和你解释一下，之前提过的，那个关于合作的事情。"

## 5.

脱下外套坐到书桌前的椅子上，顾泽很自然地靠在了椅背上，反倒是安歌，一脸不自在。

"坐啊。"

顺着顾泽的手势，安歌坐在了床边，一副规规矩矩的样子，然而却在坐下之后忽然发现哪里不对……

哎，这到底是谁家啊？！

"你想问我什么东西，现在问吧，等你把你想了解的了解清楚以后，我们再谈合作。"顾泽双腿交叠，身子微微弯着，"说起来，有一件事，我想你需要知道。"

他的声音有些沉："我来这里，是为了抓一个人，他很厉害，没有人知道他真正的实力到底有多强。那一天在郊区的时候，我就是被他弄伤的。"

安歌静静地听着，用眼神示意他继续。

"你有特殊的磁场，可以化解我们身上的全部能力，可就算是这样，被他看见，还是有些危险。我不知道在这个地方他是什么身份，但就他的手段而言，哪怕不用这些能力，他也一定有办法抓住你。"顾泽低了低头，"那天情况紧急没能想到，不小心把你卷进来了，对此，我很抱歉。"

安歌猛地抬头："你的意思是，你要找的那个手段厉害的人，他已经把我们当成一起的了？而在知道我这什么乱七八糟的磁场之后，为了让我不能当你的帮手，他也许会对我下手？"她的眼睛睁得很大，像是惊讶，"是这样吗？"

沉默片刻，顾泽点头。

"啊，这样啊……"

得到答案之后，安歌反而冷静下来，怔怔地坐在那里，甚至连之前的惊讶都没有了。

"我并没有以此威胁你答应的意思。那个合作，就算你不愿意，我也会保护你，毕竟你是受了我的牵连进来的……"

"别说了，我答应你。"安歌应得飞快，不一会儿又嘟囔起来，"反正都被拖进来了，掺和一下和两下也没有什么差别。"说着，她自我肯定般点点头，随即又望向顾泽，"如果没有猜错，你是想让我帮你找到那个人，克制住他？"

没想到她这么冷静，甚至还在这一会儿的工夫就分析出了他的目的，顾泽稍稍一滞，接着微微颔首。

"那好，作为条件，你要告诉我所有我想知道的事情。"

顾泽的声音很轻："你问吧。"

"我……"

分明有一大堆的问题想问，但真的要开口，她又不知道该从何说起，原本清晰的思路在这一刻被无数的疑惑堵得水泄不通。

安歌揉了揉太阳穴，欲言又止。

过了会儿，她忽然叹出口气："等我想到了再问吧。到时候，你记得回答我，不能赖。"

"好。"顾泽认真答道。


在听见他这一声好之后，安歌像是松了口气。

不是不着急，可父亲的事情不能轻易开口，如果要问，就一定要把自己的事情全部说出来。而对于不想对顾泽和盘托出的安歌而言，现在她实在是不知道该怎么问。

虽然她同意了和他合作，也因为那次郊区的事情对他放下了防备，但在内心深处，她对顾泽依然不能完全信任。

别的方面都可以大大咧咧，就连陶瓷，她也曾经因为不小心用错流动性过强的釉，烧制时毁损了几件作品，但唯独在父母的事情上，她从来都是谨慎小心，生怕出了差错。


"那么，你现在没有别的问题了吗？"

顾泽小幅度地歪歪头，安歌也知道，那只是他说话时随意的一个动作。然而，由他做来，却偏偏让人觉得很萌。

不能完全信任是一回事，但确定了随时就能知道答案，心底放下了那样大一件事情，安歌轻松了起来，于是，也就自然有了心情"欣赏美色"。

　　"有的！"

　　"什么？"

　　她眼睛一亮，飞快跑到书架边上拿起拍立得，笑得一脸灿烂，灿烂得让顾泽都有些懵。不是没有见过变脸速度快的人，可是，能快成这样，也实在是不容易。

　　"那个，你有什么事吗？"坐在椅子上，顾泽抬着头看着站在身前的安歌。

　　她现在的样子完全就像是一个普通小粉丝，和之前沉吟思考的时候半点不像。虽然，那也就是几分钟之前的事情。

　　安歌一个劲儿乐呵呵地笑，献宝似的把拍立得捧到他面前："男神我喜欢你很久了，能合张影吗？"

　　适应不了画风转变的顾泽一脸黑线，好半天才干干回一句——

　　"好的。"

# 五.

**1.**

从安歌家里走出来，顾泽压了压帽檐，坐进车里，打开空调之后，随手就脱了外套丢在副驾驶。他刚准备去开音响，却在低头的时候，看见地上躺着一张从外套口袋里滑出的照片。

顾泽捡起那张照片，看着上面笑容灿烂得甚至有些傻气的女孩，眉头动了动，接着叹口气，带出一个很微妙的笑。

这个世界上，真的有人单调无聊得像是一张白纸，一眼就可以看透，乏善可陈，但也有人丰富饱满，认识多久都让人觉得新鲜不讨厌。

但还是会想，怎么会有这样的女孩子？

顾泽知道，人是多面性的，只是，像安歌这样，每次看见都不是一个设定，甚至很多时候还会让人觉得反差太大，不过几秒钟就会换一个思路和情绪，让人跟不上……这样的女孩子，难免会让人有些意外。

照片里，安歌笑得见牙不见眼，脸颊两边的梨涡深得像是可以盛酒，和"技术指导"的资料上贴着的那张规矩、腼腆的证件照半点不像，却挺生动好玩的，让人看了以后也莫名地想笑。相比起来，边上浅浅笑着的自己就显得弱了一点。

嗯，一张有感染力的照片。

顾泽这样评价着，把照片放进了车内的储物盒里，然后抬头望一眼二楼的窗子，接着径自开车离开。

## 2.

在窗户后，安歌坐在书桌前，捧着一本相册，停在翻开的某一页上。接着，她手指轻颤，隔着塑料薄膜缓缓摩挲着那张照片。

"我可能很快就可以去找你们了，你们还在等我，对吧？"

屋子里非常安静，只有她一个人低低的声音。自己说，自己听。

听说，会自言自语的人，他们心底都藏着一份不能被触碰、却又经常被翻出来的东西。而自言自语，是因为他们其实很想倾诉，却没有办法说给别人听，久而久之，在无人的地方轻轻说给自己听，就成了他们安慰自己最好的办法。

不知道过了多久，安歌缓缓地合上相册。

她站起身子，把相册推进书架上那个空缺处，然后一张张看起刚才和顾泽一起拍的照片来。

拍立得的像素不高，可是照片上的那个人却实在好看。

如果没有在那个晚上遇到他，遇见那些黑影，说不定现在他们依然陌生。

她会在片场遇见他，然后，在这部戏拍完之后，礼貌地告别。他们只是电影上的合作关系，最多最多，就是她会告诉他，自己是他的粉丝。

而在这之后，哪怕以后顾泽参加这部电影的宣传，也不会记起来她这么个人。

可现在，以这样的方式和他有了交集，想必以后说了再见他也还是会记得自己吧？安歌想到这里，歪歪头微笑。

其实说不清楚现在是什么心情。她对父母的感情和渴望太重，一直压住了其他的事情，现在想一想，这段时间其实是有些开心的。作为一个小粉丝，能被他知晓，而且当她站在他面前，他也知道她这个人，而不是礼貌却疏离地笑笑，将她当作一个陌生人……怎么看，这都是一件不错的事情吧。


说起来，那个时候是怎么会喜欢他的呢？

安歌把刚刚照的合影用小夹子夹了一排在书架边的细麻绳上，接着翻出从前收的顾泽剧照摆台，对照着看。

安歌摇摇头："其实不上相啊。"

嗯，真的不上相，本人比照片好看多了。

一边想，一边肯定着自己想法似的重重点头，而随着这个动作，她一下子想起来第一次看见顾泽的时候。

　　事实上，在那之前——也就是在从电视里看见顾泽之前，安歌从不觉得自己是个会追星的人。会成为他的迷妹，这其实是一件很巧合的事。

　　曾经听人说过，心智真正成熟的人是不会做追星这种幼稚的事情的。

　　或许吧。

　　可如果能遇到一个值得你去喜欢的人，那个人看上去真实、美好，会在某段时间里，带给你许多感触和力量，那么，不论他多远或者多近，是身边的人还是明星，你吸收着他带给你的营养，努力向着他所给予你启示的方向靠近，其实也是一件好事情。

　　有了这样的一个人，你把目光投向他，又有什么关系呢？

　　安歌收藏的那张剧照是顾泽演的第一部电视里的人物角色，当时的他只是一个小配角，却深受众人喜欢。也是在那之后，"顾泽"这个名字开始被人熟知。

　　"我第一次看见你的时候，心情很不好，或者说是非常糟。"安歌瘪瘪嘴，"但现在讲起来，我已经忘记那个时候心情为什么不好了。"我只记得，在看见你的那一刻，我忽然就忘记了心情不好这件事情。

　　安歌轻笑，碰了碰那张照片。

　　记得当初莫名沮丧，感觉自己是个没人要的孩子，积攒了许久的能量被消耗完毕，又没有人可以倾诉，那时，她几乎觉得自己撑不下去，什么也不想做。

无聊了很久以后，她在家抱着抱枕打开电视，想找点什么东西转移注意力。

调了很多个台也还是没意思，她停下来喝一口水的间隙，无意间抬头瞟了电视一眼。然而，就是那一眼，她顿住，就那么被屏幕上的一个笑容吸引住了目光。

电视里的人刚刚经历了和家人的别离，接着是多次求职无果，看上去失败又落魄。

可即便这样，他依然没事人一样地吃烧烤、喝啤酒，笑得很灿烂，就像什么也没有发生过。甚至，即便是一个人躲起来发着呆，他依然是扬着嘴角的。

夜色昏沉，他一人走回空荡荡的家，在打开灯之前的黑暗中，他双眸如星，里面闪着一簇簇火苗。他低低开口："老天，只要你没有把我彻底击垮，我就会再爬起来，继续。"

然后他按开灯，灯光打下来，映亮了他的脸，以及那双微带笑意却满是坚定的眼睛。那一刻，他的眼神，像是透过屏幕，直直望进电视机前她的眼底。

大概是被那个场景戳中了吧，安歌开始喜欢上那个让她产生同感的角色，再之后，由喜欢那个角色到喜欢演绎那个角色的真人，似乎也成了顺理成章的事情。毕竟那个真人低调、认真，不曾让她失望过。

**3.**

窗外，路上铺满了枯叶。

外面有车不减速地开过，于是原本安静的枯叶就这样被风卷得到处都是，而环卫阿姨的扫帚一下一下扫着地面的声音，就这样透过半关的窗子，传到安歌的耳朵里。

她呵一口气暖暖手，继续敲着键盘，文档边上的备注密密麻麻，写得清楚又详细。

剧本里关于专业上的修改和意见，已经进行到最后了。等这次修改完备，李导那边也就正式准备开机的事情，顾泽也要来学习陶瓷的基本制作方法。

敲着敲着停一阵，安歌像是在想什么，不一会儿想起来，眼睛一亮再次记下几个重点。

古时不比现代方便，现在有电窑，设定的时间、温度都可以自己调节，古时用的都是窑火，要自己时时看着，完全凭借经验来。

说起来，陶艺是一门技术活儿，毕竟，哪怕是同样的瓷胎、同样薄厚程度的釉，在窑里放的位置不一样，陶瓷的釉色也会有所差别。

当时每一件瓷器的制作工序都非常复杂，大多数陶瓷人，一辈子只精研一种。

拉坯的一辈子拉坯，施釉的一辈子施釉，管窑的一辈子烧制。

督陶官不一定每一种工艺都要会做，却必须掌握每一个步骤的理论，不说精通吧，会总是要会的。

安歌边想边记，看起来很是认真。

这些资料，就算是她一个业内的也偶尔会记乱，顾泽却要在短时间内记下来，并且学会画瓷，至少看着要像个样子，毕竟这是剧本里的一场重头戏。

"演员也是怪不容易的。"安歌喃喃出声，接着打出个喷嚏。

"你才知道啊？"

这时候，半掩着的窗户外忽然传来一个声音，吓得安歌原本揉着鼻子的手猛地一颤。

她转过头就看见顾泽，有些意外："你怎么来了？"

"你有没有觉得，这样说话很不方便？"顾泽说完，朝着边上努努嘴，示意安歌过去开门。

"这么冷，怎么不开空调？"

安歌环顾了四周一圈："你什么时候看见这里有空调了？"

被这句话哽了一下，顾泽轻咳几声，跳过这个话题。

"对了，剧组那边说，有点东西可能需要你配合一下。"顾泽说着，忽然发现安歌脸上不正常的潮红，于是停下，"你怎么了？"

刚想回答，喉头却忽然有些痒，安歌顿时狠狠咳了起来，而顾泽一时没想太多，摸了摸她的额头。

"着凉了？"顾泽皱眉，"一楼湿气重，所以说，还是应该装个空调的。"

"咳咳咳，咳……贵！"

在一连串的咳嗽声里，安歌挣扎着回答。

顾泽听着，有些无奈，解下自己的围巾围在了安歌的脖子上，自然坦荡，好像只是个顺手的动作，半点别的意思也没有。

## 4.

在替她围好围巾之后，顾泽退后了些，接着之前的话继续说。

"现在制片方在为电影造势，需要拍一些我在戏前和你学东西的照片，体现我多认真刻苦之类的，总之，就是要做一个这样的报道。"

安歌本来就被忽然凑近的顾泽弄得有些懵，只顾着看他低垂的眼睛和纤长的睫毛，心底一下一下狠狠在震，像是那些每逢关键时刻就捣乱的小人又醒了过来，一下一下，在大鼓上跳得特别欢快。

不过，她很快就回过神来了，只是她刚刚回过神就感觉到脖子上有些紧，甚至紧得透不过气……

不算长的围巾，硬生生绕了三圈，并且还被打了一个结。

她把围巾松开一圈，问："什么时候？"

"哦，他们找到车位停好车就过来，我先来准备准备。"顾泽说完之后不满地望她一眼，"干吗松开？"

"因为还不想死。"尤其是被一条围巾勒死，这样的死法说出来都智障，就算上了新闻也只能被嘲笑，一定得不到同情。

可毕竟人家也是一番好意，安歌试图用眼神传递这些信息，始终微笑着望向顾泽。

然而，顾泽没有接收到安歌的信号，并且他的思路很明显在另一条路上越跑越偏。

"那就更该系紧啊，不然冻死怎么办？"

安歌："……"

这话没法接。

等一下！

忽然，脑海中有什么东西一闪而过，她抓住一个尾巴，提炼出一个重要的点——

顾泽刚刚说，采访的人找到车位停好车就过来，他先来准备准备。

"不对啊，怎么这么突然？"安歌一下子就激动起来，"你们这就来了？直接开始录影？为什么没有提前和我说？"

她满心惊讶，一脸懵圈，甚至连顾泽又给她绕上一圈围巾也没反应过来，就这么接连甩出三个问句，圆着眼睛望着他。

顾泽沉默了一下："李导没告诉你吗？"还不等安歌回答，他自己又一副恍然想起些什么的表情，"啊，对了，李导似乎叫我告诉你来着。"顾泽一脸无辜地微微低头直盯着她，"但我忘了，对不起。"

眼前的人一下一下眨着眼睛，眼神干净透亮，像是个小动物，让人不忍心责备……

偏过头去，安歌的脸色可疑地红了红："卖萌可耻。"

"哦。"一下子收回表情转变高冷风，顾泽抱着手臂，下巴微扬，"要不然你打我两下，不过这几天通告太多，我是真忘了。"

"……"

画风变得有点快。

安歌愣在原地，忽然有些疑惑。这真的是电视里那个温柔、儒雅的男神吗？为什么感觉自己好像有点瞎？！

"算了……"

安歌吸吸鼻子，有些无力。

这时，顾泽看见门口进来的人，瞬间牵出个浅笑，嘴角微扬，眉眼柔和，好像恢复了正常设定。

**5.**

"九哥。"顾泽迎向进来的人，轻声打了个招呼，接着向跟在后面的工作人员微一点头，"辛苦了。"

没有了之前的随性，换上一副温润模样——他又成了大家眼中的那个顾泽。

安歌站在原地，瞟一眼陆玖，瞟一眼顾泽，在他们之间反复打量，一个来回一个来回地扫，就像是从没见过他们一样。

不知道为什么，这阵子和顾泽这样接近，她并没有太过强烈的感觉。但这一刻，看到顾泽的经纪人陆玖，她忽然就有些懵了。

这种感觉，就像从前看到的接机或者路遇的时候，粉丝们拍了发在网上的图一样，莫名就有些激动。也是这个时候才真正意识到，站在眼前的，真的是她喜欢了很久的男神。

望了眼明显怔住的安歌，陆玖不动声色地拍开顾泽搭在他肩上的手，过去礼貌性地伸出手："你好，我是陆玖，是顾泽的经纪人，希望这次合作愉快。"

非常官方的一声招呼，却让安歌有些意外。她连忙拉回跑得没边儿的思路，伸出手去回握住对方。

"你好，我叫安歌，对于能够参与到这部电影，非常荣幸。"

站在一边默默看着两个因为生疏而变得温和得不能再温和、和平常画风完全不一样的两人，顾泽似笑非笑地抽动了一下嘴角，表情非常微妙。他走到正调整机位的摄影师旁边，小声问了句什么时候开始。

那位摄影大哥是个爽朗汉子，对礼貌、没架子的顾泽很有好感，于是豪气地大笑着说："这就行了！我先试试光，等会儿就可以开拍！"

安歌一直努力维持着的冷静差点因为这一声大笑而崩坏，可是，在反应过来摄影大哥的话后，她又转向顾泽："对了，是要拍什么？"

顾泽想了想，刚准备说话就被陆玖打断。

"就大概拍一下你教他制陶和熟悉器具吧。"陆玖翻着手上的流程本，一抬头就看见对方懵掉的表情，以为她是紧张，于是出声安慰，"后期剪辑会减掉录像里你的内容，所以不必担心。"

"不、不是这个问题。"安歌憋了很久才蹦出来几句话，"如果说要拍这些的话，可能需要一点时间，我的瓷泥都是干的，需要现场加水和才行。"

## 6.

坐在拉坯机前，安歌抱着一个不小的盆子，一边小量地往里面加水，一边把水揉进干掉的瓷泥里，看起来有些吃力。和揉面团不一样，瓷泥很冷，现在天气凉，陶艺室里也不暖和，在没有提前准备的情况下，大冷天的用凉水去和瓷泥，真是很冰手。

安歌一边吸着鼻子，一边这样和泥。

看见她这副样子，顾泽皱皱眉。

周围的工作人员都在一边聊天一边等，顾泽却走过去递了一张纸巾给她。

安歌抬起头："谢谢。"

"不用。"顾泽像是嫌弃，"毕竟鼻涕流出来不好看。"

"……"

安歌呵呵地笑。男神你可以不说话吗？

用两只手臂夹住那张纸巾放在腿上，安歌在一旁用来加水的小桶里洗了手，拿起纸巾擦了鼻子，再转过身，顾泽已经坐在那里帮她和泥了。

"哎，你不用……"

顾泽用手臂把袖子再蹭上去一些："如果鼻涕掉进瓷泥里，会很恶心。"

安歌把话尽数吞回了肚子里，没有再说什么，只是坐在边上看着他。动作虽然生涩，但看得出来，刚刚她在揉泥的时候，他应该是有观察过的。

虽然是就算关心也会说出别扭的话的性格，但人还是挺认真、细心的嘛。安歌轻轻笑了笑："谢谢啊。"

"嗯。"顾泽低着头随口应了声，"帮我把袖子再弄起来一点。"

"啊？好。"

顾泽的袖口已经沾上了一点瓷泥，安歌那么一拉，瓷泥就这么划过他的手臂，白皙的皮肤上留下一道黄黄的印子。

见状，安歌下意识就从旁边拿起纸巾想给他擦，却没想到他眼明手快地躲开了，只是手上的泥水又落了点在衣服上。

"怎么了？"安歌有些不解。

顾泽一脸扭曲："那是不是你刚刚用过的？"

安歌眨了眨眼，脑子一炸，忽然就豪爽地笑开了，像是在掩饰着尴尬："哈哈哈，你的观察力好棒啊……"

"谢谢夸奖。"顾泽面无表情，"看一下这个瓷泥好了没有。"

安歌把纸巾放下，然后用手揉了揉桶里那一团泥，软软的但不黏手，感觉还不错。

于是她点点头，说："可以了。"


## 7.

准备工作做完之后，拍摄进行得很快。

只是拍摄过程中，陆玖一直用那种有些怪异的眼神在望安歌，望得安歌有些惶然。安歌不知道是为什么，最后索性不想，认真地教起了顾泽。

不得不说，顾泽真的是很聪明的那种人。

拉坯和盘泥条是很基本的东西，但如果没有经验，拉坯很容易出现中心偏移、控制不住转盘速度、最后整个瓷泥飞出去的情况。但是考虑镜头效果，他们只能拍拉坯，毕竟盘泥条看起来太像过家家，没有什么好看的。

把瓷泥放在中间，慢慢扶着它往上，顾泽看上去专注而认真，一系列动作非常完美舒服，甚至连加水的时候，泥点溅在他的脸上，也带着一种别样的帅气。

　　只是，再怎么帅气，到拍完收工的时候，他也是带了一身泥巴，像刚刚从工地回来似的，看上去有些邋遢。


　　拍摄完毕，顾泽很快就走了，快得甚至没有和安歌说一句话，还是等到安歌帮着工作人员把器材整理好才发现他不见了的。

　　"走得那么快，看起来很忙的样子啊……"

　　目送工作人员的车子开远，安歌被一阵冷风激得缩了缩肩膀，关门走回屋里。

　　收瓷泥、收水桶、收工具，拿抹布擦拉坯机，一个人清理着陶艺室的安歌只觉得头有些重，不自觉又打出一个喷嚏，然后脑子一懵就拿了那块抹布擦鼻子。原本大概只是着凉，但那样大量用脑和提起精力指导拍摄，实在是很难不让感冒加重啊。


　　不久，身后传来一阵敲窗户的声音，安歌回头，看见一张熟悉的脸。

　　顾泽扬了扬手上的塑料袋，又侧了侧头，示意她开门，和之前来时的动作一模一样。

　　安歌有些意外，但更多的是惊喜，于是飞快地起身准备开门，却在起身的时候感觉眼前一黑，好不容易才稳住自己不至于直接倒下去。

　　"你怎么又来了？"她一边打开门，一边笑着问。

　　见他递来的塑料袋，她下意识地就接过来。

一阵温热就这样传到手心，她问："给我带的吗？是饭？"

　　"粥、小菜，还有药。"顾泽简单地说，"之前听到你肚子叫的声音，像是饿了，感觉做饭这么麻烦的事情，对于一个生病的人而言实在是很困难，就买了这个。"说着，他又停下来，眼神怪异地瞥了一眼安歌，"你刚刚是吃了泥巴吗？"

　　安歌像是没听懂，困惑地抬起头，整张脸上布满疑问，像是在说，你说什么？

　　顾泽皱着眉头："脸上都是瓷泥。"

　　安歌伸手抹了把脸，很是惊讶："呀，这是怎么弄到的？"

　　"算了，擦一擦吃东西吧。"


　　安歌把塑料袋解开，放在桌子上，拿起纸巾擦脸。

　　顾泽掰开一次性筷子，清理上面的木刺。他清理完之后把筷子递给安歌，正好安歌的脸也擦干净了。

　　只是，她却没有反应过来。

　　见安歌不接，只是盯着自己，顾泽不得不出声提醒："喏。"

　　"啊，谢谢。"安歌脸上一下子烧了起来，飞快地接过筷子，低头就把粥往嘴里扒。

　　顾泽满脸无奈："喝粥可以用勺子，筷子是给你夹菜用的。"

　　"噗……咳咳咳……"

　　那份无奈加深了一倍，顾泽站起身来拍着她的背顺气，直到她停下来不再咳嗽，他才往后面走去。

　　安歌抬起一双因为被呛到而咳出眼泪的眼睛，亮晶晶地望着顾泽，原本歇下去的少女心在这一刻"怦怦"乱跳。

不管顾泽本人跟电视里的顾泽有多么不同，但至少有一点却没错——他真的是一个温柔的人。

她拿着筷子一下一下戳着米粥，目光却黏着在陶艺室里走来走去、替她清理东西的顾泽的身上。

"在看什么？"似乎察觉到被人注视，顾泽转头。

"没什么。"安歌一下子有些慌，随口扯出一句，"你人这么好啊？"

"也没有，我很讨厌麻烦的事情。"顾泽边说，边擦着拉坯机，"但是没办法，救命之恩嘛，更何况以后还得请你多帮忙。"

是这样吗……

安歌有些失望，但随即又敲了敲自己的头，失望转变为懊恼——不然你以为是哪样？想什么呢！

在心底默默吐槽完了自己，安歌继续喝粥吃小菜。

只是，不晓得是不是这几天着凉、同时又把自己绷得太紧的缘故，在忙碌和想事情、看剧本的时候并不觉得，然而，现在这一放松下来，所有的疲惫感，只顷刻间便如洪流涌了上来，叫她一阵乏力，吃着吃着，就觉得脑子一晕要栽下去。

安歌狠狠甩了甩头，没把那阵眩晕感甩掉，反而弄得整个人更难受了。

她脑袋一阵疼痛，只能奋力地睁着眼睛，却只看见了面前的顾泽嘴唇一张一合，像是在说些什么……但她听不清。

"你……"她想问顾泽"你在说什么"，却发不出声音，只觉得眼前一黑。

安歌在昏倒之前隐约感觉自己差点砸到桌子上的头被人扶住，随之整个人落进了一个怀抱里。

接着，就什么也感觉不到了。

# 六
/ K-HI 的谜团 /

**1.**

安歌睁开眼睛，只看见白花花的一片，空气里弥漫着淡淡的消毒水的味道。

意识到自己在医院里，安歌揉揉眼睛，觉得精神好了些，脑袋也不疼了，甚至舒服得想伸个懒腰……

不一会儿，她觉得有点不对劲，因为她摸到了自己头上的绷带。

她猛地一惊，反反复复摸了几遍。

这时，她才发现这间病房似乎和以前看过的都不太一样。这里的设备好得有些过分，一看就知道，小病小痛的人根本住不进来。

回想起自己昏倒之前那阵子的黑白颠倒，以及时常头晕反胃的感觉，再联系起头上的绷带、加护病房和身边的仪器……

安歌的心忽然沉了沉……

顾泽洗好苹果，从病房外进来的时候，看见的就是这样的情景——

　　平时总是活力满满的女孩，此时坐在床上，一言不发，眼睛里是满满的麻木、空洞。

　　看见安歌这副样子，他狠狠吓了一跳。

　　"你怎么了？烧坏脑子了？"

　　顾泽走向她，拿起水果刀准备给苹果削皮。

　　这时，安歌一把抓住顾泽拿着刀的手，害得他差点割着手指。

　　"你直接说吧，我可以承受得住的。"

　　原本因为差点割到手而心里发麻的顾泽，在听到安歌这句话之后，没有转过弯来。

　　"啊？"

　　也许是睡得太久，大脑还处于尚未清醒的状态，在这种情况下，安歌就这么随着脑回路越跑越偏，直到跑到了一个奇怪的地方，停下，成功地把自己憋出一包眼泪。

　　她的声音带上哭腔："顾泽，我是不是快死了？"边问边抹眼睛，"我是不是得了什么治不好的病？你直接说吧，不用瞒着我……"

　　顾泽怎么也没有想到她会在想这个。

　　他抽了抽嘴角，脸上毫无波动，然后狠狠啃了一口没削皮的苹果，发出一声脆响。不重的声音，却震得安歌心底一紧。

　　安歌皱着眉头等答案，死死盯着顾泽。

　　顾泽嚼了几下咽下苹果，皮笑肉不笑地对她说："呵呵，你就是在医院睡了一觉。"

安歌当场石化。

"怎么可能，你不要骗我，我也是有常识的人！"安歌握起拳头放在胸口，"医院里的病房都是几人一间的，除非特别严重，不然怎么可能是单人间，而且看这里的设备这么好，一定是传说中的加护病房是吧……"

"停！"顾泽眉头一跳，"首先，你的确只是睡了一觉，我没有骗你；其次，虽然说这是加护病房，但那是因为我最开始真的以为你有什么事情，并且我这张脸不太方便让人看见；最后，看你精神这么好，大概可以出院了，不要浪费钱和病房。"

"真的吗？"安歌半信半疑，"那我的头上为什么会有绷带？"

"呃……"

时间倒转，回到前一天，安歌晕倒的那一刻。

当时，顾泽是真的吓到了，拨完120之后，他想遍了所有的可能性，脑内像是有无数匹马在奔腾，每匹马都朝着一个不切实际的想法狂奔……

这当然是不可能的，顾泽并不会随便长出类似一个安歌的脑子。

事实上，他在拨完求救电话之后，只是很轻地敲了敲太阳穴，脱下自己的外套披在她的身上，防止她再次受凉。

因为不知道她为什么晕倒，所以顾泽也没有去移动她，担心不恰当的动作给她造成二次伤害。

接着，他拿起她放在一旁的钥匙走出去，关上门，走到路口等救护车。

这里不偏，但是藏在一条小巷后面，如果是对路不熟悉的人很难找到，尤其是救护车那么大，估计不太好进来。是想到了这一点，他才出门打算给120救护车领路的。

整个过程，虽有惊慌，却也冷静、理智。

毕竟在不清楚状况的情况下胡乱做些什么猜测，是一件很蠢的事情。

整个事情顾泽处理得很好，除了最后的一点小意外……

那是在医生检查完安歌，说她只是疲劳过度而晕倒的时候，顾泽帮忙把她抬上担架，却因为一个恍惚，让她的头磕在了桌腿上。

咳咳，百密一疏，百密一疏啊。


## 2.

顾泽转过头去又咬了一口苹果，看起来有些不自然。

"那个绷带，是因为你倒下来的时候磕到了桌子，所以包扎了一下……"他越说越小声，只是快速地啃着苹果，像是心虚。

"真的吗？可是怎么会磕得这么重？"安歌摸了摸额头，想到什么似的小声嘟囔，"而且那时候我好像没有磕到桌子……"

被苹果呛得猛咳几声，顾泽把苹果核丢进垃圾桶，握着拳头挡在唇边轻哼几声，像是有些不好意思。

他拍拍手擦掉手上的苹果汁，挠了一下头："好吧，那个，其实是我不小心磕到你的，把你抬上担架的时候没弄好。"他挠挠头，"对不起啊。"

看见这样的顾泽，安歌愣了一下，随即"扑哧"一声笑出来。

"原来是这样啊，你也不是故意的，没什么啦。我还要谢谢你帮忙，不然说不定现在我还倒在陶艺室里……"

"你说得没错，就是这样。"顾泽打断她，收回那份不好意思，一下子变回平常的模样，"所以还能站起来吗，立成人形的那种？"他像是嫌弃，拿起诊断书啧啧看着，"小小年纪，居然疲劳过度，你这几天到底做了些什么？"

"……"

"你能不能不要老拿省略号回复我？真是敷衍。"顾泽把诊断书递给安歌，"喏，看到这个安心了吧，的确只是疲劳过度。"

她接过诊断书，上边白纸黑字，写得清清楚楚。

疲劳过度、感冒、额头擦伤……

回想起之前满脸绝望拽着顾泽袖子的自己，安歌忽然觉得脸上有些烫。

"好啦，好啦，我知道了，你也不用一直拿这个笑我。"安歌掩饰性地招呼一声，"好饿啊，那个，你刚刚是不是吃了苹果？还有多的吗？"

"刚睡醒吃什么苹果，老老实实地喝粥吧。"

安歌一脸懵圈，敢情你刚刚不是打算洗了削给我的？！

她有些郁闷地闻着空气里的苹果香，肚子叫了一声。

这时，顾泽递给她一个保温桶。

安歌揭开盖子，一阵米粥的香味扑面而来。

然后，她问了一个很蠢的问题："你知道我这个时候会醒啊？"

"哦，我未卜先知。"

顾泽淡淡回她，并没有说自己其实每一餐都有准备新鲜的米粥，保温到一定时候，见她不醒，就会自己喝掉，再买新的。说起来，他非常讨厌喝粥，这种黏黏稠稠、没有味道、还不能咀嚼的食物，如果不是因为倒掉很罪恶，他绝对不要吃。


## 3.

看着安歌喝完粥，顾泽递过去一支药膏。

安歌低头看药膏体上的字，然而上面密密麻麻全是英文，看得人眼花。

"这是什么？"

顾泽眼神往安歌的额头上移了一下，扭开头："用这个擦在伤口上，恢复比较快，也不会留疤。"

虽然对他不很熟悉，但也算是稍稍了解他的性格。安歌清楚，他说不出什么直接的关心的话，也不会怎么表达自己的想法。虽然装成不在乎的样子，但这支药膏，是他歉意的证明吧？

其实安歌觉得这点小伤不算什么，而且这也不怎么关他的事，反而应该是她要谢他。

这样别扭的顾泽实在很可爱，是真实的可爱。也正因为这份真实，淡化了原本笼在他身上的光芒，使得他比电视上看到的更亲近，也更让人喜欢。

"谢啦。"安歌收好药膏，忽然想到什么，倏地抬眼，"哎，你一直都在这里照顾我吗？工作和通告呢？你不该这么闲啊！"

顾泽叹出口气，淡淡地说道："托你的福，这几天我还真是挺闲的。"他拿出厚厚的一沓资料，"毕竟这几天我唯一的行程，就是和安指导学陶瓷方面的东西。"接着又拿出厚厚的一沓剧本，"但由于某些突发状况，我又联系不上你的亲友，所以……"

"所以你就在这里照顾我？"安歌小心翼翼地开口，带着点小小的感动。

却没想到顾泽避而不答："所以我先把剧本背了，也熟悉了一下资料，这样理论与实际能够相互结合，讲起来也会方便一点吧。"

"……"

"医生说你好了就可以出院，正好，你精神状态也挺不错的。"顾泽面无表情地把掏出来的东西又收回包里，"怎么，现在走吗？再不走天都该黑了，回去以后你也还得收拾收拾睡觉，晚了不太好。"

他微微低着头，细碎的刘海稍稍遮住他的眼睛，窗外的天色已经有些暗了，病房里开了灯，是很柔和的颜色。收好之后，他一抬眼，就将那些光色收入眼底，深棕色的瞳仁里带了点点星华，莫名地好看。

"发什么呆？"

"没有啊！"安歌下意识地否认，接着下床活动了一下手脚，在平复好心情、确认没有什么问题之后，她转向顾泽，"嗯，回去吧。"说完抠抠脸，"还有，谢谢。"

**4.**

从医院出来之后，车里的顾泽一直在认真和安歌对时间。

本来培训的周期是十天，不算充足，但勉勉强强也够了。他的计划是七天实践加理论，剩下三天看历史资料，剧本穿插在这中间来看，也更便于理解。

然而安歌这一睡直接就睡过了两天。也就等于，现在距离开机只剩下一个星期。

他的资料都是自己找的，难免会有缺漏。尤其网上东西太多，各家说法不一，他又无人可问，担心找偏找错，于是只能先放下，又重新开始熟悉剧本，做些笔记，试着提前把自己带入人物。

"那说好了，明天早上七点我来找你，你今晚早点睡，好好休息……"

顾泽边说，边把车开到那个小巷口处，刚刚准备停下，却突然看见树下那些潜伏着的黑影。他心里一紧，立刻加踩油门。

"怎么了……"

还没有问完，安歌转头就看见那些从黑暗中跃出来跟在后边的影子，于是立刻噤声。

过了一会儿，她才犹犹豫豫地开口："它们又来了，怎么会这样？"

顾泽沉默不语，只是面色严肃地盯着后视镜，注意后面的异动。

在安歌和顾泽离开之后，陶艺室门外的那个小巷里，缓缓走出两个人。

是一男一女，可两个人的帽檐都压得极低，除了那苍白的下颌之外，什么都看不见。

望着飞驰离开的小车，那个稍高的男人极慢地开口，声音沙哑，像是树枝拖过地面的响动一样，那是久不说话的人从喉间发出的声音。

"顾泽虽然厉害，但还可以对付，可那个女的，虽然不知来路，但不晓得是为什么……总之，并不太好对付。"他转头，"你记住她的长相了吗？"

身侧之人轻轻点头。

男人见状，满意地笑了。

"很好，你这一次的任务，就是她。"

那个人麻木地继续点头，如同一个没有灵魂的木偶，却又在被握住手腕的时候轻轻抽搐。

"那么，变成她吧。"

男人的话音落下，抓住对方手腕的那只手忽然捏紧，随之有亮光在他握着的地方散出，顺着对方的手腕向手臂处渐渐蔓延，直至最后，那个被握住手腕的人全身都散出亮光，面容也开始扭曲起来……

那个人一声不吭，但就在男人放开她手腕的那一刻，她大概真的是痛苦到了极致，顿时跪倒在地，身子一下一下地抽动着。

"唔……"

随着这声闷哼响起，女人的身体开始发生变化。

她的骨骼时而凸出，时而缩入，皮肉下边有地方鼓胀，有地方却在凹陷。仿佛她的身体被无数条虫子占领了，它们在她的躯壳里肆意钻动，没有章法地乱窜。

女人不住地滚动着，像是在强忍着痛苦。

这般情景，单是看着，都让人觉得毛骨悚然。

良久，亮光消散。

"疼吗？"男人蹲下，抚过她的脸庞，"站起来。"

原本倒在地上的人，在这句话之后，慢慢躺平，过了一会儿，便真的跟着他慢慢站起了身子，即便从她僵硬的肢体上看得出那阵痛苦仍未消散，但她却这样站直了背脊，顺从得不像话。


街角有野狗偶尔低吠两声，而在女人停止闷哼之后，小巷口处忽然就安静下来，静得连呼吸声都听不见。

"让我看看你。"

月光洒下。

她顺着男人的意思，摘下帽子。

与之前的轮廓不同，此时的小巷口处，男人身边，出现了一个不会笑的人。那个人却分明有着一张与安歌一模一样的脸。

女人全身如机械一般僵硬，每动一下都带出骨骼"咔咯"声。

女人转过头，像是在等着男人的确认。

好一会儿，男人终于说了一句："很好。"

很好的意思，就是不必再吃一次刚刚的苦。她低下头，表示明白，没有半点情绪，只是等着男人的下一步指示。

男人没有再说什么，只是又转了头望向顾泽离开的方向。

"单论异能，我的确是拿她没有办法。但在这个世界，有些事情……实在方便。"

夜色中有谁的声音顺着微风消散，只余阵阵凉意，然而那凉意里掺杂着的冷厉却能入骨，鬼魅般钻入人的后颈，顺着背脊一路冷到脑子里，激得人头皮发麻。


**5.**

拐过无数个路口，终于把黑影甩开。

车停在跨海大桥的桥尾，顾泽打开车门下车，深深地呼吸着。

"那些影子……"安歌跟着下了车，停在顾泽的身后，"这一次，它们似乎是来找我的？"

沉默许久，顾泽的面色有些凝重。

"不知道。"

是啊，不知道。

只是，他的不知道并不是在回答安歌。

他的不知道，是在想那些黑影为什么会出现在安歌那里。是因为她一直想方设法瞒住他的那些事情，还是上一次在郊区他不小心给她惹来的注意，或是两者都有。

顾泽一直都知道安歌有事情瞒着他，这并不难看出来，只是现在不是追究这些的时候。现在最重要的，是那个人——

那个藏在黑暗背后，让人摸不透，不知他如何打算的人。


上一次他被重伤，至今也没有完全休养好，想必那个人遭受的反噬不会比他轻多少。

如果刚才只是那些影子，顾泽并不担心。毕竟安歌有着能够化解一切异能的磁场，只要对方对她不利，她的磁场立刻就可以发挥作用。然而……他深深皱了眉头，转向安歌。他担心的是，那个藏在背后的人，大概已经注意到她了。

虽说那个人只要使用异能也会被她反噬，但如果他不用呢？即便是普通的手段，能够置人于死地的方法也多的是，尤其是那个人他并不畏惧这个世界里的任何法律制裁。

更何况，能够逃到这里藏身这么久而不被发现，能够混迹到 K-HI 高层的位置而不被怀疑……顾泽相信，那个人绝不仅仅是靠着异能，这样的人，他的心性一定不简单。

因为这样，所以小巷口，顾泽不敢停车，他有直觉，那个人就在附近，而他不能让那个人看见她。不仅仅是因为危险，更重要的是她的身份。

记得前阵子他问起的时候，安歌有不小心说漏嘴过，似乎，她在小时候就见过那些黑影。也正是因为这样，所以她遇到这样的事情即便慌张，却并不会惊讶至无措。

而若是这样，那就很奇怪了，按照她的说法，那时候两个世界的壁垒还都正常，没有混乱，那个人也还没有畏罪潜逃过来。

既然如此，找她的黑影是哪一拨？那些黑影又是为什么会来找她？

"你一直看着我做什么？"安歌摸摸脸，有些疑惑。

"你从小，是在这里长大的吗？有没有去过别的地方？"

安歌想了想，歪一歪头："我从小就在这儿，住在那栋房子。我连大学都是在省内的美院读的，除了系里的写生和研习，我没去过别的地方。"她一顿，"怎么了？"

顾泽深深凝视她一眼，低下了头。

"随便问问。"


## 6.

这句随便问问说得太过牵强，安歌当然听得出来他在话外有许多没有说出的东西。但具体是些什么，她猜不到，也没有多问，只是"哦"了一声就不再多话。

月下，两个人各自低头，想着自己的心事。

顾泽早就怀疑她不是这个世界的人了，只是经过这段时间的接触，他猜测，说不定她自己并没有意识到这个问题。

而既然连她自己都不知道，那么他再怎么样也是问不出来的，只能一点点观察，一点点找寻她的异常。

而那些异常中最明显的一点，就是她身上可以化解一切异能的磁场。

也就是因为这样，最开始他才会想借她的力对付那个人。可后来，他却发现一件很重要的事情，那就是，这个"化解一切异能"的意思，是包括他在内。

如果在双方都没有异能的情况下遇见那个人，他大概真的是死路一条了。他没有忘记自己的职责，可经过差点丢了小命的那次之后，他忽然就意识到了情况的复杂性。

K-HI 组织里对那个人的记载资料，已经被那个人在离开之前尽数毁去，之后，也就再没有人知道那个人的能力到底有多强、擅长什么、不擅长什么了。

顾泽一直在找他，本来还算有信心，然而在经过上次的失败之后，他发现了这些问题，于是只能改变计划。计划里，他仍旧需要安歌的帮忙，但不是现在。

现在，第一，他们准备不充足，很容易吃亏；第二，安歌刚刚醒来，哪怕精神饱满，身子也还是虚弱的，那个人十分狡猾，他怕她撑不住；第三，他还没有确定安歌的磁场范围，无法布置战术。

"哎，看你的脸色，是不是发生了什么我不知道的事情？很严重吗？"安歌站在顾泽的身侧，看着他的脸色时时变化，终于忍不住小声问道。

"现在还好，以后就不好说了。"顾泽转过脸来，海风把他的头发吹得有些乱，"目前为止，我不清楚那个人的实力，他对你也似乎有些忌惮，所以你暂时应该还是安全的，因为我们都没有把握贸然出手。"

"啊，这样吗？"安歌应了声，然而脸上却分明写着"没听懂"三个大字。

沉吟许久，顾泽正色望向安歌："把你牵扯进来，我很抱歉，之前是我低估了任务的危险性，如果你现在要退出，我会想办法保证你的安全。"

危险性？安歌心一沉，有什么许久不曾想起的东西，在这一刻，从心底飘浮而上。

她不答反问："我们在合作的时候，是不是约定过，如果我对哪里有什么疑惑，你都会告诉我？"

顾泽点头，安歌见状，闭着眼睛深深呼出口气。

"那么，我的第一个疑惑是，K-HI是一个什么样的地方？记得第一次遇见你的时候，你对我说了一些话，话里话外，很明显那个人和K-HI有关。"

安歌紧紧盯着顾泽的眼睛："这个问题，你应该可以回答我吧？"


## 7.

月辉洒在海面上，一浪一浪地涌上来，如同星河落海，铺在大桥下。

而桥上尾处的两个人相对而立，女孩的表情十分认真，顾泽却显得有些凝重。

许久，他才叹出口气，很慢地开口："那不是一个什么地方，而是一个组织，研究的是所有异能的产生与消失。我不是这个世界的人，在我们那里，有一部分人天生就带有异能。你知道平行时空吗？这大概是关于那个世界最准确的说法。"

他顿了顿，继续说道："K-HI最开始是为了国家某个重点项目而成立的，里面的人，都是精英中的精英。只是后来发生了些意外，听说是某位领头人物，在研究一种异能时，无意间穿破时空壁垒跑到了这个世界……"

随着顾泽的声音，安歌像是进入了另一个世界。那个她曾无数次幻想过，有爸爸，有妈妈，有家的世界。

"在那之后，越来越多的人开始专门研究穿破时空壁垒，在两个世界之间往返。但每个世界都有自己的规则，时间与空间的轴线因此扭曲，几乎使得两个世界的时空交错混乱。于是，这个项目不得不停止……"

"啊！"

短促的一声惊呼打断了顾泽的话。

顾泽看向安歌，只见安歌边跳边拍着身上不知道什么时候爬上来的一只蜘蛛。

也许是被吓着了，安歌总是拍不对位置，顾泽叹了口气伸手帮她弄掉，然后就看见一双水汪汪的眼睛大睁着望向他，这才发现，自己刚刚拍的地方有些尴尬……

"咳！"顾泽干咳一声，将目光从她的大腿处收回来。

安歌"呃"了一声，断线的思路重新接上。

"那个……你继续。"

"好。"顾泽应了一声，稍微缓了一会儿，接着开口，"与此同时，其中某位项目的组长，也就是我现在追捕的这个人，他忽然间性情大变。具体的我不大清楚，但现在的他是两个人，不是人格分裂，而是真的变成了两个人，似乎是在研究什么东西的时候，不小心导入自己的身体……"

安歌听着听着，觉得有点不对劲，于是打断顾泽。

"等等，所以说，那个什么K-HI组织，因为这个缘故，已经不存在了吗？那组织里原有的人呢？他们怎么了？"

"实话说，我不是很清楚。"顾泽移开目光，"接连发生意外事件后，那个组织就被国家解散了。但说是解散，原来的相关人员却都不知去向，曾经的资料也都放进了机密库，所以，没有人知道他们出来之后怎样了，现在又到底在哪儿。"

安歌忽然皱起眉头："我记得，你说过你认识一位前辈，他拥有和我一样的磁场……"

"是有这样一位前辈。不过，他早就去世了。"

虽然早有了猜测，但不能确定这份猜测是否属实，所以，后面的话他并没有说出口。

"我刚刚说过，K-HI 的资料都属于绝密。"他面无表情，"而那位前辈也是 K-HI 的人，我没有办法看到关于他的资料。所以，如果你要问他的事情，我大概无能为力。"

安歌垂了眼睑。

许久之后，她才再次开口："我知道了。"

**8.**

安歌把头低得很低，不知道在想些什么，而等到再抬起来的时候，她已经恢复了平时的轻松模样，眉眼嘴角都微微弯着，带着些些笑意。

"谢啦，和我说这些。"安歌歪了歪头，"就算不看在你送我进医院，这么用心照顾我，又是我男神，咳咳……单是看在你告诉我这些东西的份上，我也不会退出的！你不是说我有特殊的磁场，能够化解对方的能力嘛，这样的话，你一定很需要我吧！"

顾泽微顿，点头。

安歌笑了笑，略作思考。

"只是，我想换掉合作的条件，以后，我不再问你什么问题了。"安歌稍微顿了顿，抬起眼睛，满脸期待，"你刚刚说的那个世界，我很想去看一看，如果我真能给你帮上忙，你回去的时候，能不能捎上我？我想换成这个。"她小心翼翼问出口，却又很快摆摆手，"但如果不方便的话就算了，我就是随便……"

"好。"

顾泽点头，模样认真。

"如果可以，到时候我带你过去。"他一停，若有所指地补充，"只是那里并不很好，也未必真的有你所好奇想看的东西，你……不要太期待。"

原本碎在海里的星月，在这一刻，化成了点点水光融在桥下的浪潮里，海风氤氲，夹杂着带了光色的淡淡水汽，尽数涌入谁的眼睛。

在顾泽的话音落下之后，安歌很明显地微愣了一下，随即转身面向大海，许久才说出一段话："我知道啊，我也是一个旅游过的人嘛。当然知道，就算去到那个地方，也未必能看到我想看的风景。可就算这样，在那里走过一次，离心底期待过的，哪怕稍微近一点点，就算看不见、找不到……但去过，也没有遗憾了吧。"

她的声音很轻，语调平实，淡然得像是没有情绪。可是，偏偏让人想去安慰。

"我知道你一直在怀疑我，其实我以前也不太信任你，即便在这之前，我是你的粉丝来着……然而现在，我很想说一说。"

她微微停顿，像是不知道怎么开口，最后也只是挠挠头，组织了一下措辞："我不是一个承受能力很强的人，所以经常会想倾诉，但那件事情太奇怪，我找不到人可以说。这么久以来，这些话埋在心里，我都快憋死了。"

安歌抱起手臂，微微仰头，呼出口气。

"你其实猜到了一些吧？可是，说不定我说出来的，比你猜的还让你惊讶。顾泽，我说想去那个世界，是因为，我想去那里找我爸妈。虽然不能确定他们就在那个地方，但现在看来，可能性很大。"

没想到她会这么直接说出来，顾泽一惊，脑内忽然闪过一个画面，那是在他来到这个世界之前的事情。

顾泽不答话，也不知道在想些什么，像是做了什么决定一样，刚想开口，却又在接触到安歌望过来的目光之时，把话咽了下去，缓缓低了眼睛。


——我有一个孩子。可惜，除了她刚刚出生的时候，那肉呼呼一团的样子，我没有见过她其他模样。她不在这里，而是一个人在一个很远的地方，没有我们，也不知道她过得有多辛苦……啊，算一算，她应该和你差不多大了。

——我追我老婆的时候，经常学着老电影，背着吉他跑到我老婆楼下唱歌。现在看来，其实老土又好笑，她却因为这样而给孩子取了个名字，单字，叫"歌"，唱歌的歌。真是……唉，以后万一让孩子知道这名字的由来，一定会嫌弃我们……

这是那位"先知"前辈被那个人重伤、送进医院不久，顾泽前去调查这桩案子，在记完笔录之后，前辈对他说的话。

现在再想一想，他甚至能够回想起那位前辈看他时候的眼神。

说来奇怪，大家都说那位"先知"前辈心思重、难信人，然而，他对顾泽却很是亲切。

如果说那位"先知"前辈真的可以预知未来，是不是他早就看见了这一幕？是不是他其实是借着那份暗示，在托顾泽给他的孩子带话？

想到这里，顾泽的心情有些复杂，对安歌也有了一种不知道如何开口的犹豫。


开口，问她和那位前辈的关系。

开口，复述那位前辈说过的话。

开口，说那位前辈，早不在了。

# 七
/ 其实我挺期待的 /

**1.**

很奇怪，那些黑影，顾泽遇见过许多次，在他的印象里，让它们消失的唯一方法就是将它们打碎散去。可这次的黑影却不似以往死缠烂打，也没有展现出什么攻击性，叫人弄不清楚它们出现的原因和目的。

顾泽心里疑惑，觉得事情不简单，因为他知道，那个人一定不会做没有意义的事情。难道那个人放它们出来，就是为了把他们逼走吗？

在心底否认了这个可能，并且觉得这样的想法有些好笑，顾泽摇了摇头，将车缓缓驶入地下车库。

安歌家里，书桌前站着一个男人。

男人拉了拉帽檐，将它往下扣住自己半张脸，回头看向身侧之人——那个外表看上去与安歌一模一样的人。

窗外有微光照进屋子，这时候，一只手朝着窗帘处伸了过去，那手苍白干瘦，如骷髅一般，手背上满是青筋，莫名地让人觉得恐怖，像是能够轻易取走任何一条生命。

男人扬了扬嘴角，拉住窗帘，轻抖了抖，顷刻抖出无数个黑影。接着，他一眨眼，那些黑影便乖顺地落下来，纸张似的贴满四周。

"你们闻到了什么？"

他开口，声音依旧带着干枯死气和森森冷意，可是，宽大的帽檐下，是一张带着冷笑、苍白的脸。

黑影们层层浮动，在屋子里不停地穿梭跳跃，动作快得让人看不清楚它们移动的痕迹。

他抬起手来随意看了看，然后说："差不多了，把你们闻到的东西，送给 Monster。去吧。"

黑影们骤然停下，如接到指令一般向着中间聚集，密得像是浓墨，接着，墨色化成长线，极细的一根，盘了一地。

男人似是满意，一弹手指，线头凭空跃起，直直刺向被唤作 Monster 的女人的太阳穴——

顾泽其实猜对了，那些黑影，的确只是为了逼走他们。

在不清楚对手实力和能力的情况下贸然动手，这是一件很蠢的事情，那个人也一直这么认为。而他想要了解安歌，最好的方法，就是"自己问"。那个"自己问"，当然不是指问安歌本人，毕竟安歌不会受异能控制。

他要问的，是安歌的精神力在这里留下的信息。

是，男人的目的是这间房子，以及房间里遗留下来的安歌的信息碎片。也许很多人都不知道，如果一个人在一个地方生活久了，那么这个地方就会有这个人精神力的残留。所见所感、性格思想，一切在神思方面无形的东西，都会随着时间慢慢溢出来。

大多数人，叫这种说不清楚的东西为"味道"。

这也是为什么，你在一个地方待久了，忽然去到另外的地方生活会不习惯的原因。除却真实的陌生和相处的时间之外，精神力的碎片也是组成熟悉感的一部分。

"Monster。"男人抬手，抚过她太阳穴处溢出鲜血的小孔，于是血色瞬间凝结，"你现在，感觉到了什么？"

随着血被止住，她眼睛里的痛苦慢慢消失，脸上也渐渐恢复了平静。然后，Monster 缓缓低头，对男人很是恭敬。她回答他的问题，发出来的却是安歌的声音。

"一切。"

一切。

简单的两个字，没有指明，没有方向，却已经够了。

"很好。"

男人极轻极缓地侧过身子，走到窗户前，抬头望天，月光映在他眼尾处的朱砂红上，那痣如血泪，鲜艳得似乎要流下来，又带着些妖异，像是恶魔的记号。

他低笑，苍白的嘴唇微微一张一合："真是，很好。"


## 2.

"阿嚏！"

刚刚下车就被冷风激出来一个喷嚏，安歌揉揉鼻子，却是越揉越痒，几乎要再揉出来一个。正酝酿着，就在马上要打出来的时候，身上忽然一暖，她一愣，转头就看见搭在自己肩上，还带着顾泽体温的外套。

被这么一打断，即将出来的喷嚏也生生憋了回去，这种感觉实在不好受，安歌几乎狂躁得要哭出声来，可在看见顾泽的那一刻，那份狂躁便如之前的喷嚏一样，被弹回心底。

"谢谢。"她道谢。

顾泽移开目光，没有回话，只是微微点头示意，然后就走到了前面领路，也没有多想，为什么刚才她的表情会那么精彩。


想起之前，他们不过刚刚停在小巷前而已，还没到安歌的住处，那里就已经有了那么多黑影，就算它们看起来暂时没有攻击性，但危险总是不可预知，顾泽当然不可能在这样的情况下让安歌一个人回去住。于是，他带着她来到自己的住处，停车上楼，一路无话。

也不知道是不是因为刚刚一时受情绪影响，把那个秘密说了出来，现在的安歌看起来有些懊悔，满心都是"要是没说就好了"。

是啊，要是没说就好了，也许这在别人看来只是很轻的一句话，但对她来说却是很重要的。妈妈、爸爸，这两个遥远得几乎陌生的词，却是她长久以来的渴望，一直小心翼翼在寻找，连想念都要克制。

可当热浪涌上心头，那时那刻，听见了顾泽说出的那些事情，她第一次感觉到自己找了许多年的东西与自己的距离不再那么遥远……又怎么克制得住呢？

这么多年，她看起来坚强，但在和父母有关的事情上，她一直都很是委屈。

找寻这么久、隐忍这么久，当然会感到沉重、会想倾诉，但她不傻，自然也知道这件事情不能随便乱说。和不知道的人不能说，因为会被当成神经病；和知道的人也不能说，因为那个知道的人，未必会是安全的人。

情绪这种东西，总是这样，任性得很，在它肆意冲撞的时候，人也会变得莽撞。

可这一次，却或许不只是莽撞。

安歌偷偷瞥了一眼走在前面的人，很快又低下了头。

在把话说出口之后，这个人不回不应，一句话也不再说，这让她觉得更委屈。哪怕不知道怎么回应，但好歹是人家藏在心里这么久的东西，好不容易说出口，给个"嗯"字会怎么样？真是冷漠的人。

安歌越想心里越堵，然后不管不顾地将一切都推给了情绪，她并没有发现，在这之外，自己对顾泽的信任和感情上的变化。

也许还不清楚他的所有，可就算这样，在这个时候，她也已经很信任他了。

一个人会希望对方回应，会在意对方没有回应，是因为有所期待。

然而就性格而言，安歌不是一个会对任何人都抱有期待的人，也从不将别人的回应当成理所应当，更不会因为谁的态度而在意得心底发堵。

可当局者迷，她没有发现自己的不对劲，没有发现，她在心里已经把顾泽当成自己人了。

**3.**

在密码锁上按了几下，顾泽推开门，回身望向一言不发的安歌，正看见她闷闷拽衣角的样子。

"怎么了？"

短短三个字，却是立马让安歌从自己的小情绪里惊醒。

"没、没什么啊。"安歌掩饰性地摆摆手，然后往屋里探了探，回头，"哎，到了吗？你是让我先进去？"在看见顾泽点头之后，她不好意思似的走到前面，却又停在了玄关处，纠结好一会儿，转身，"那个，你家拖鞋在哪儿？"

顾泽打开旁边鞋柜的门，从里面拿出一双放在她的身边，接着，他关上门，脱了鞋直接就往里面走。

"地上这么凉，你这么走不冷吗？"换好鞋子走进来，安歌接过顾泽倒给她的水，坐在沙发上，"这种天气很容易感冒的。"

他耸耸肩，看起来有些无所谓。

"也许吧，但我不会生病，我的身体构造和你们不大一样。"他很轻地弯了嘴角，"你是不是忘记了，我不是这里的人这件事情？"

好像，是真的差点忘记了。

安歌低低头，很慢地喝水，而顾泽拿着遥控器打开了电视，调台。

像是发现了什么新奇的事情，安歌放下水杯："你也看电视吗？我记得以前看明星采访，很多人都不看电视的。"

"其实我也不怎么看，只是习惯了回家会把它打开。"顾泽微顿，"有时候一个人在这儿挺闷的，有点光有点声音，感觉会比较好。"

客厅里的灯开得很亮，这样比起来，电视机里的光就显得弱很多。可是当那些不一样的颜色跳在他眼睛里的时候，还是很明显。

"你在这个地方待了多久了？"安歌撑着脸看着他，不自觉就问出口，"我是指来到这个世界，你已经来这里多久了？"

顾泽将目光从电视上移开，瞥了安歌一眼，然后重重往沙发上一靠。

"六年吧。"

安歌惊呼一声："六年？这么久吗！"然后想了想，"只是为了要抓到那个人？等等，说起来，那个人这么厉害，你却只有一个人吗？应该会有同伴吧？"

"没有。"他仰着头闭着眼睛，看起来有点沉重，又像是在放松，"我没有同伴，最多就是偶尔会联系一下组织，汇报事情的进展。这六年里，基本上都没有进展，而且要联系到那边也得靠运气。时间和空间的双重壁垒不是那么好穿透的，哪怕是电磁粒子。"

这一刻，安歌像是在顾泽身上看见了自己的影子，虽然他们的立场并不一致。

学着他重重往沙发后背上一靠，却不小心磕到了头，她低呼一声，揉了揉后脑勺，然后小心翼翼重新靠上去，闭上眼睛。

　　感觉到了身边的动静，原本情绪低沉的顾泽，在这一刻，蓦然牵出个小弧度的微笑，心情也不自觉更放松了些。其实那是一个很淡、淡得几乎让人捉摸不到的笑，可是，却莫名让人觉得这刻的他和前一刻不一样了。


　　"你想回去吗？"她问。

　　"嗯。"这一次，顾泽回答得很快，"但在任务完成之前，我不会回去，毕竟这是我自己接下来的案子，而且，我已经在这个案子上面耗了六年了。"

　　一个几乎没有情绪的陈述句，却偏偏能让人在话里读到许多东西。比如怀念，比如不甘心，比如他所重视的责任感。

　　想安慰他，又不知从何说起，安歌小幅度地转了转头，看他一眼，又转回来，合眼。也许，他并不需要别人的安慰吧？顾泽其实是一个内心强大的人，虽然外表不明显，也没有刻意表现什么；但只要和他在一起，就能够感觉到。

　　于是，她顿了很久也只是"唔"了一声。

　　她仰着头，慢慢睁开眼睛："快了。"

　　是啊，就算知道这些话也许没用，她还是想说些什么，因为，至少在刚刚那一刻，她是真的能够感觉他的低落。那种情绪有多不好受，她对此再清楚不过。

　　"嗯？"

　　安歌侧过头对他笑笑，目光狡黠，说得和真的一样："你知道女人的直觉很灵吧？刚才啊，我的直觉告诉我，你很快就会抓到那个人，很快就可以了了这桩案子，很快就可以回去。"她说着，瞥一眼电视，"很快，就不用不看也开着电视了，浪费电……"

说着，她忽然一愣，直直盯着电视，像是整个人忽然放空了一样。而顾泽听见她说着说着骤然停下，好奇地睁开眼睛。


**4.**

电视上的画面有些眼熟，镜头由远而近，最后停在一个人身上，回头，赫然是顾泽的脸。

虽然在这里的身份是演员，但他从不关心除了表演之外的事情，偶尔微博配合着公司做个宣传，他自己倒是从没怎么在意过，也不知道自己出演的电视会在什么时候播出。

说起来，这是第一次在电视上看见自己，顾泽其实有些尴尬，只是没有表现出来。

他轻咳一声："这部戏是刚刚签约的时候拍的，似乎早就放过，不是第一次播了。"

"哦。"安歌干干应道，有些心不在焉，"其实这个，我看过来着。"

顾泽一顿："嗯？"

"咳，那个，我还记得，再过几分钟，应该就是……"

就是什么还没有说完，安歌又停下来，眨眨眼盯着屏幕。

说是说几分钟，但似乎，估算错了……


电视上的光一闪一闪，映在两个人的眼睛里，这时候，有抒情的背景音乐响起，而画面里，是两个相拥着亲吻的人。女孩轻闭着眼，像是紧张，而那个熟悉的人眉眼弯弯，扶住女孩后脑勺，不让她退后，动作温柔而又霸道。

"怎么，为什么往后躲？"电视里，他微笑着问道。

女孩讷讷说了几个字，含混不清的，还没说完，他笑了声，低头就噙住了她的唇瓣，吞下她所有的声音，然后她慢慢地软在他的怀里，最后，他把手移到她的腰上，慢慢收紧，收成一个缠绵的拥抱……

电视里上演着的是浪漫又青春的校园爱情，当时这一吻被粉丝剪辑下来，做成了视频和海报。画面上的顾泽微低着头，眼睛轻轻闭着，有风将他的额发拂开，而被树枝剪碎的阳光，星星点点洒在他的白衬衣上。

阳光、树影、白衣少年。在那个画面里，一切都是正好。

电视里演着恰好的爱情，清甜可口。

可是，电视外的两个人，此时却微微僵硬着背脊，坐在沙发上，满脸尴尬。

还没亲完啊，亲得真久啊，都不换气的，果然是构造和我们不一样……

安歌在心底默默念着，然后等待画面过去。

其实，在这个片段刚刚出来的时候，她也和顾泽的无数粉丝一样，被这个侧脸和眼神迷得不要不要的，几乎都要扑上去抱着电视屏幕啃几口，恨不得把人从里边抠出来。

也曾经无数遍循环播放他的个人 CUT 集，也有过这样的心情，恨不得站在他旁边的不是女主角，而是自己。

安歌从前也想过，有朝一日要是能够见到顾泽，她一定会告诉他自己有多喜欢他，感谢他曾经带给她的正能量。如果可以，她甚至想拉着他一起看他演过的所有电视，然后指着屏幕说"这个我是看过的，下一幕是什么什么"，以彰显自己的喜欢所言非虚。

而现在……

安歌默默端起了水杯，喝了一口，发现吞水的声音有些大，于是想了想，又默默放回去。可就在这时，她又情不自禁地咽了一口口水，声音依然很大。

对上顾泽微妙的目光，她有些欲哭无泪——

那些奇怪的事情，我就随便想想，没真要让它实现啊，就算是实现，也不是以这种方式啊！老天啊……我收回以前的想法还不行吗？！

## 5.

"你……"

"我什么也没想！"

顾泽不过刚刚开了个头，安歌立马就打断了他，欲盖弥彰的样子。

也许是意识到自己的反应太大，她一下子又收回自己摆动着的手，正襟危坐，顷刻间换了个人似的。本来想等顾泽开口，却没有想到，他居然饶有兴趣地打量起她来。

安歌清了清嗓子，瞄一眼身侧，见他没有反应，于是又清了清嗓子。直到清到自己的嗓子都干了，她无奈地又端起水杯猛喝一口。

他终于开口："你看电视好像代入感挺强的？"

"噗……咳咳咳咳，咳咳……"

安歌在那口水喷出来之前飞快把它咽了下去，也许是激动，于是直接呛进了气管和鼻子，莫名感觉喉咙又辣又痒，拼命咳嗽，生生憋红了一张脸。不知道过了多久，她终于停住，于是擦了把鼻子，含着一包泪转向顾泽——

"你、你把刚刚的话再说一遍！"

顾泽稍稍退后一些，收回为她拍背顺气的手，满脸无辜。

"我说了什么吗？啊，好像忘记了。"

特别不走心的一个回答，满满的都是敷衍，一点都不诚恳，甚至连那场吻戏里一半的演技都没有拿出来……呵呵，一看就是故意的！

安歌沉了口气，再看电视，画面上的两个人终于分开。

电视里，顾泽仍然是那副温柔模样，正抬手将女孩的碎发钩到耳后。可现实里，安歌一转头，却正好看见他唇边一闪而过的笑意。

她问："你是不是在偷笑？"

顾泽严肃脸："没有。"

"真的？"安歌一脸狐疑，往下压了压嘴角，看上去有些严肃，"你不要骗我。"

"噗！"

"你果然……"

"哎，说起来，你还真是我的粉丝啊，连哪个场景后面会接着什么都一清二楚。"顾泽开始转移话题，同时发动歪头微笑攻击。

闻言，安歌懵了懵，好久才回答，像是有些不自在："是啊，你不是早就知道了嘛……"

顾泽轻笑，转移话题成功。

安歌转着手上的水杯，忽然想到什么，心底没来由地就有些在意："那个，你刚刚亲得挺投入的哈？"

顾泽起身，给自己倒了杯水，透明的玻璃杯，上半截的杯壁上被热水氤出的薄薄水雾覆盖，在这样的天气里，让人看得有些暖。

顾泽迎向安歌的目光，说："毕竟是演员。"

"啊……"本来就只是没有缘由冒出来的一句话，看他回答得这么坦然，安歌一下子就不知道该说什么了，只是跟着他端起水杯喝了一口，然后没话找话，"说真的，演感情戏，会不会入戏很深啊？我看很多八卦……啊，不，报道，那上面都说入戏太深会因戏生情……"

顾泽放下杯子，忽然生出些玩心，于是挑眉凑近她，单手撑在安歌后面的沙发上。他放轻了声音，微微低着眼睛，这样便显得很是温柔。

这时，安歌忽然有一种错觉，好像自己被拖进了电视里，或者说，是被拖进了刚才电视上演的那一幕。她现在所处的，就是那个女孩的位置，而眼前的人却没有变，表情、动作都没有变。

他的声音低低，带着轻微膛音："是会有这种情况，而且的确很经常。"

耳边响起的不是顾泽的声音，而是来自脑子和心脏共振出来的嗡鸣声，不知道该做什么反应，心思慌乱之下，安歌一抽："按照套路，你应该要亲下来了吧？"

这句话弄得顾泽几乎忍不住要笑出声，然而笑音在喉头打了个转，他终于还是没暴露自己。直直望向她的双眸深处，那里的情绪比她任何时候的表现都要真实。

眼前的人握着小拳头放在心口上，睫毛微微颤动，偏偏还硬撑着表现出一副不在意的样子，殊不知，她早就被自己的小动作出卖了。还挺可爱的。


——按照套路，你应该要亲下来了吧？

他想了想，又把头低下去一些。

他缓缓伸手抚上安歌的后颈，含混不清地"嗯"了一声。

接着，他一偏头就那么凑了过去。

与此同时，安歌立刻闭上了眼睛，冷汗湿了一手心，虽然不知道自己在紧张什么，但是……这种感觉真的好奇怪……

却没想到，耳边忽然传来"扑哧"一声笑。

"好了，不逗你了。"他揉揉她的头发，"我这个人呢，一向不喜欢什么套路，所以也不会按照套路亲下去。"他稍稍一顿，收回手来，"不过你头发还蛮软的，揉起来很舒服。"


## 6.

安歌舒了口气，原本紧绷着的身子猛地松下去，脑子里却仍是嗡鸣一片，空空荡荡，什么东西也想不出来。

其实在刚开始的时候，她就有猜到他大概是在逗她，所以这个样子倒也不太让人惊讶。可就算是这样，她的心脏还是有些不安静，一个劲儿扑通扑通地显示着自己的活力。

"我就知道是这样！"安歌故作镇定地用一根指头把他戳远了点，"你以为糊弄我是这么简单的事情吗？想太多了。"

把顾泽推远之后，安歌端起杯子，刚准备一口喝掉就被他抢了过去。

"你刚刚从医院出来，最好不要喝凉水。"顾泽走到厨房里把水倒掉，又重新接了温热水走回来，微微前倾了身子把水杯递过去，"喏。"

安歌一边接过玻璃杯，一边又把人推远，抿着嘴唇。

"别以为这样我就会原谅你。"

"不是没上当吗？"顾泽挑眉，"不是说，一开始就知道吗？"

安歌一下就炸毛了："我知道是我知道，你无聊是你无聊，一码归一码，别把这两件事混为一谈！"

顾泽稍微离远了点，一副诚恳的样子："我错了，我道歉。"

原本都做好和他理论的准备了，却没想到这个人居然认错认得这么干脆，反而让她不知道怎么回应，而且还因为这样，被迫把原本准备好了的话都吞回肚子里，噎得不行。

"好了，在医院你是昏迷的状态，现在刚刚恢复元气，还是应该好好休息的。今晚上你将就一下，住那间房，房间里有洗浴室，洗漱用品也都有，是新的，可以直接用。"顾泽指了指安歌身后，又在她看过以后转回头来的时候补充，"我就在你隔壁，有什么事情叫我。"

瞥及顾泽眼底生出来的青色，想到这两天在医院里，都是他在照顾自己，安歌心里的郁结一下子消去大半，也不再说什么，只是乖顺地低低头，应了声好，顺便道了个谢。

他站起身来，想了会儿，又弯下身子凑近她，就像之前一样。

安歌见状立即戒备起来，却没想到，他的手落在她的头上，轻轻揉了揉。

安歌错愕地看着顾泽，他的眼神很是认真。

"那位前辈人很好，很优秀，早点休息。晚安。"说完之后，他转身，径自向着卧室走去，却在走到卧室门口的时候停了停，"我就不锁门了，万一有什么事情，记得叫我。"

他的这句话说得有些突兀，和刚才发生的任何一件事情都衔接不起来。然而，就是让人听得心底一颤，不能不被勾起情绪。

那位前辈，人很好、很优秀吗？

"早点睡。"

沉浸在顾泽刚刚说的那句话里，此时的安歌还在晃神中。

顾泽正准备关门，却又被安歌唤停了动作。

"怎么了？"

安歌有些懵了，本来想问他为什么会对自己说那位前辈，但话在嘴边溜了一圈，最终却尽数被咽回肚子。

不是不知道怎么问，只是刚刚一时冲动，没有注意到时机不对。然而，看见顾泽等着自己说话的样子，安歌又有些骑虎难下。

　　在心底懊恼一阵，她忽然眼珠一转，堆出个笑。

　　"没什么，我就是想说……你这样睡觉不锁门，不怕我晚上溜进去毁了你的清白吗？"

　　顾泽做沉思状，继而抬头，满脸认真："老实说，这个问题我也想过。然后，其实嘛……我还挺期待的。"

　　调戏不成反被噎，安歌也不知道是想到了什么，耳朵尖尖忽然就有些红了，然后飞快背过身去喝了口水。

　　"晚安，晚安，我喝完水就去睡了。"

　　顾泽笑着关上门，只留下一个劲儿拿水灌自己的安歌。

# 八

**1.**

次日清晨，顾泽习惯性早起晨跑，却没想到一打开房门就看见站在冰箱前发呆的安歌。到底是一个人住习惯了，猝不及防发现屋子里多了个人，还真是让人反应不过来。

"你站在那儿干吗？"

安歌缓缓回过头，望向顾泽，气若游丝："我饿……"

顾泽沉默片刻，摘下搭在肩上的毛巾："我没有屯东西的习惯，你等我出去买点吃的，很快回来。"

"好！"安歌的眼睛瞬间就亮了起来，"这附近有粉吗？最好是酸辣的那种，感觉很久没有吃过……"

他走到门口，停了停："你现在只能喝粥。"

"那、那小馄饨呢？"安歌发出小动物一样的声音，"稍微加一点点的辣椒和酱油……"

顾泽把嘴角往下压了压，故作冷漠："只能喝粥。"说完，他把门一关，双手插在口袋里低着头就往外走。

不过说起来，他忽然有点想吃粉。

初冬的早上有些冷，天亮得也晚，所以路灯依然明晃晃地亮在头顶，街边也没有什么人。顾泽不太喜欢人多的地方，加上他时不时就要出去"行动"，所以他选了这里——偏远的近郊。这对他而言，最合适不过。

顾泽对此从来都很满意，但是，现在却让他觉得有些头疼……

连个人影都看不见啊，更别提什么早餐店了。

顾泽叹了一口气，今天才发现，原来买吃的也不是一件容易的事情啊。

他低着头往前走，呵一口气暖了暖手，并没有发现身后转角处，有一个端着相机的人。

顾泽走后，安歌眨眨眼看了下窗外，发现天还没亮，她感叹了一句时间还很早还能继续睡，于是转身就回了房间，钻进被子，蒙头大睡。

可是，就在快睡着的时候，她浑身一颤，惊醒过来。

她想起一件非常重要的事情。

那个东西！该不会丢了吧？

她飞快地爬起身子起来翻口袋，她摸了个遍，然而——

"没有……"

她喃喃完之后又跑到床脚去拿包，一股脑把所有东西都倒了出来，在地上翻翻找找……

好一阵子，她捡起一块东西，松了口气。

"还好没丢。"

那是一块石头，却有着半透明的质感。嗯，没错，就是顾泽在很久之前送给她，说只要她有任何意外就立刻摔了它的那块石头。

虽然不知道有什么用，现在也好像用不到了……

不过，安歌已经养成一种习惯，而这个习惯，只是因为他当初的一句话。

他说，让她不要离身地带着它。

也许顾泽不知道吧，又或许，安歌自己都没有发现。原来，在那么早的时候，她就已经非常非常听他的话了。

安歌摸摸索索爬回床上，找到东西，安心之后，困意又袭来。

虽说在医院里睡了那么久，但也许真的是身体虚弱的缘故，刚刚沾上枕头，安歌就陷入了梦境之中，不一会儿就发出均匀绵长的呼吸声，睡得非常熟。


## 2.

路灯灭去，天色一点点亮起来。

这个时间，有人将将睡去，有人刚刚醒来。

然而对于陆玖而言，这两者都不是。

最近一阵子忙得晕头转向，他几乎是日夜颠倒。

为了一些采访资料和挑选剧本，他熬了一晚上，好不容易处理完工作，习惯性地想在睡前查下邮件看看有没有漏掉的信息，拿出手机点开一封，是一系列照片。看到照片的瞬间，他狠狠抽了口冷气，一下子睡意全无。

　　照片有些糊，一看就是偷拍的，手法却很专业。照片的背景从医院到小区，一路跟得很紧，最后一张是两人走进电梯里，顾泽为安歌理外套的那一幕。

　　"什么时候拍到的……"

　　陆玖狠狠皱着眉头，关了邮件界面就给顾泽打电话，可是电话那头却迟迟没有人接。

　　这是当然，毕竟它响在某间房里的枕头边上，而它的主人，此时还在买早餐的路上，根本不知道这么一回事。

　　再次点开那几张照片，陆玖好不容易才停下来的大脑又快速转动起来。

　　这是他认识的一个娱乐网站里的编辑发过来的。

　　为了以防万一，陆玖没少应酬过，现在看来还是有点用处。只是，这也不过是给了他们一点缓冲时间而已，从未传出绯闻的顾泽，这一次这么大一桩新闻，对方不可能放过。

　　所以，意思就是再过不久，这篇报道就会出现在那个网站的首页上。

　　虽然靠着绯闻蹭热度在娱乐圈里是司空见惯的事，但到底只适用于普通明星，对于顾泽而言，这实在不是件好事。在签约经纪公司之前，顾泽就与他们约法三章，其中最重要的一点，就是要求公司绝对保证他的私生活不被曝光，哪怕是一点也不行。

其实注重私人空间的艺人很多，但像顾泽这样严苛的，圈子里确实少见。毕竟，谁在进来之前不会先进行了解、做些心理上的准备和妥协呢？

陆玖重叹一声，关了手机，从床上弹起来就开始穿衣服。

在签约的时候，他虽然不知道这是为什么，也觉得这样的过度保护其实会伤害艺人和媒体之间的关系，并不那么赞同，但最后也同意了。而顾泽虽然很多时候看起来有些任性，但基本上还是让人省心的。

却没有想到，省心了这么久，不出则已，一出来就是个大新闻。

陆玖拿起钥匙和手机，连脸也没来得及抹一把，驾车快速朝着顾泽家驶去。


陆玖和顾泽住得不远，也有顾泽家的钥匙。可是，这却是几年以来，他第一次在这么紧急的情况下去找顾泽，也是他第一次门都没敲，就直接拿钥匙开门进去。

"起床，出大事了！"

他一边急躁地叫着，一边推开顾泽的卧室门，却没想到推开门只看见里面空空一片。同时，旁边的卧室传来开门的声音……

陆玖转过头，对上睡得迷迷糊糊的安歌。此时，她正低着头，一边揉着眼睛，一边打着小呵欠。

"你刚刚说出什么事了？"

虽然陆玖见过许多大场面，但回头想一想那些，做个比较，他绝望地发现，它们都不如眼前的景象让他震惊——顾泽的家里，居然出现了一个女人！

顿了一会儿，他尝试着活动自己停住的大脑，正巧安歌好似有点清醒了，于是两个人脸对着脸一齐懵圈，时间仿佛在这一刻被人按下暂停键。

"喀！"

客厅里，门锁被打开。

门外，顾泽带着一身冷意进来，他拍掉衣服上的一片落叶，将早餐盒放在玄关处的鞋柜上，没看屋里的情况，径自低头解开鞋带。

"啊！"

安歌爆发出来的惊呼声成功吓到了在脱鞋的顾泽，只见他弯着腰一个趔趄扶住鞋柜，满脸错愕地抬起头来，然后在万万没想到的情况下，和不远处的两个人对上了视线……

谁能告诉他，这是怎么一回事？！


**3.**

餐桌上，安歌小口小口地喝着粥，时不时地偷瞄一眼对坐着的两个人。

在被发现之后，她又飞快地低下头，几乎把整张脸都埋进了粥碗里。她这副样子，看得顾泽有些无奈。

"你慢点吃，别刚出医院就呛死了。"

虽然是这样一句丝毫不像是在关心人的话，陆玖却听得满脸绝望。讲真，这是他第一次看见顾泽这样照顾人，说不准也会是最后一次了。

陆玖往前推了推手机，屈着手指敲敲桌子，又对顾泽指了指手机屏幕。

屏幕上，赫然就是那一连串被偷拍的照片。

陆玖清了清嗓子，尽量让自己的声音淡定一些："你还记不记得答应过我什么？还记得公司的规章条例吗？"

"我记得。"顾泽滑了一下屏幕，看完了照片，"照片是真的，但他们想说的事情是假的，我们不是那种关系。"

陆玖翻了个白眼，把手机收回口袋。

安歌原本偷瞄着照片的目光，忽然就撞上了顾泽。

对视片刻，两个人忽然不自在地把脸往不同的方向别开。

在安歌和顾泽之间来回扫了几眼，陆玖冷笑两声："这种话，你和我说，我都不信，你猜群众会相信吗？"

"群众的眼睛是雪亮的！"安歌忽然开口，却在说完之后又满脸尴尬地咳了几声，"啊，这个，我是说，这个粥怎么、怎么都没什么味道啊，如果能加点糖就好了……"

顾泽打断她："厨房里有。"

"哦，哦，好。"

仿佛被这句话拯救了，安歌端起粥碗飞快地往厨房跑，而陆玖就这样毫不掩饰地用打量的眼神把顾泽从头扫到脚。

"我知道你在怀疑什么，但我和她真的没关系，充其量就是见义勇为。当时她晕过去，现场就我一个，也联系不到她的亲友，正巧碰上学习陶艺的工作安排，所以才会发生这样的事情。"顾泽淡然道，"这是一个意外。"

陆玖呵呵笑一声："包括带她回你家？"

顾泽微顿："这是另一个意外。"

"哦？都是意外吗？真是好巧啊……"陆玖拍拍手，配上夸张的腔调，有点欠扁的感觉，"我怎么就没碰见过这么好的意外呢？"

顾泽端起桌上的杯子轻抿一口。

"哪儿没碰见过？上次聚会喝酒，你不就把陶尔琢背回去了吗？"

"我们之间的情况能一样吗！陶尔琢是男的，更何况我也不是公众人物！"

"嗯，他是男的，你确实不是公众人物，但他是。"顾泽望向拍着桌子站来的陆玖，眼角带上点点笑意，"你口味真是不太清淡。"

从脖子一路红到了耳朵，陆玖用手在桌子上狠狠一拍——

"顾泽！"


**4.**

躲在厨房门口听墙脚的安歌差点一口粥喷出来。

一个不小心手抖把糖放多了就算了，在一口糖粥鞠得慌的时候听见这些话……还让不让人好好吃早餐了！

"我……"连续熬夜加上这一激动，陆玖差点没晕厥过去，"我和你说，你不要转移话题。"他又坐下，沉了沉心，尽量忽略掉顾泽若有深意的眼神，开始分析这件事情。

"现在是七点一刻，那个新闻的娱乐版一般是八点半左右放出来。联系公司什么的是不可能了，但我等会儿会弄些水军发路透，着重点放在你在医院照顾人的事情上，等他们一放出新闻，我就联系李导，拿出安歌的指导身份，然后说你们其实是一起探病，只是镜头的重点却放在了你身上。而那个电梯口理衣服的照片，就说只是角度方面……"

"这样转移注意力，会不会不太好？"顾泽忽然打断陆玖。

陆玖一滞，接着满脸无奈："我的哥啊，这已经是目前为止最好的方法了。"

顾泽皱了皱眉头："这样对她似乎不太好。我记得，在刚刚看见指导名字的时候查过资料，有人说她不喜欢被暴露在媒体人眼里。"

短短一句话，成功让陆玖无言以对，没想到顾泽会往这个方向上考虑。

正在陆玖思考着怎么回应的时候，身后忽然传来一个声音。

"其实我觉得这样应该不错，简单又快捷。"安歌端着碗走出来，舔舔嘴唇，"而且，反正这个指导的事情大家也都会知道，用这样的方式介绍我，总比被以绯闻女友的方式爆出来要好多了。"

顾泽低头："既然是这样，那好，就这么办吧。"

从头到尾被晾在一边的陆玖："……"

你有想过，我才是你经纪人这个问题吗？而且连续几个通宵没睡觉，我一早上跑来这里找你商量问题，你就是这样对待我的？

呵呵，我要加工资。

就在这时，窗户外边，对面的那栋楼里，有一架单反相机对着这里狂拍。

　　镜头的焦点，全部都在安歌和顾泽身上。

　　骤然间，顾泽耳尖一动，他猛地抬眼起身，向着对面那个方向望去。只是不巧，他仅仅捕捉到对面拉上窗帘的一幕。

　　被他突然的动作吓了一跳，陆玖问道："怎么了？"

　　顾泽拥有异于常人的能力，却仅能够感应到异世界的能量波动，而对于这里，他到底不是这个世界的人，所以一切感官便和常人一样，没有什么差别。

　　"没什么。"顾泽定了定神，坐回原位，"大概是最近太敏感了吧。"

## 5.

　　不愧是高效的经纪人，从雇水军发路透到拟定回应的稿件，陆玖仅仅用了四十分钟。

　　这四十分钟里，他抱着顾泽的笔记本电脑坐在餐桌前，而顾泽和安歌就坐在两侧，一人一只小碗，悠闲地吃早餐。啧啧，真不厚道。

　　"呼……"等到所有事情都确定无误了，陆玖把电脑往前一推，整个人就势趴在了桌子上。

　　"不行了，不行了，再这样下去，我早晚会猝死。"他的声音有些干，转头，正看见被推过来的碗，于是毫不客气地拿了过来，一口气喝完了里面的米粥，"我告诉你，你以后还是给我注意一点，看见没有，多少人等着挖你的新闻……"

看见陆玖眼睛下一圈儿青色，再考虑到这几天他的工作强度，顾泽难得没有再多说一句话，只是低着头一脸受教地听。

安歌拿出手机，刚刚打开就看见一条新闻热点推送……

"啊！"她忽然发出一声短促的惊呼。

"又怎么了？！"带着一半的不耐烦和一半的提心吊胆，陆玖凑近安歌的手机，瞬间，他面色一沉，然后走到窗边拉上窗帘。

顾泽有些疑惑，没多久，他就知道了陆玖一惊一乍的缘由。

新闻被放了出来，可是，照片却不只是陆玖邮箱里的那几张。

他一张张地翻动照片，也不禁皱起眉头。

除了之前在陆玖手机里看到的几张照片，还有早上他出门买早餐的，有他在房间里递粥给安歌的，镜头里没有陆玖，只有他和安歌两个人，画面不甚清楚，但角度拍得很暧昧。

而偷拍者就应该藏身在对面的那栋楼。

"现在怎么办？"

安歌抬头望向陆玖，不知道怎么，心里慌得很。

这时，陆玖和顾泽的手机铃声同时响起。

顾泽直接把手机关机，陆玖却是看了看手机，走到阳台去接了起来。

"别慌。"相较于安歌的不安，顾泽倒是镇定，"不就是一个绯闻吗？再洁身自好的人，只要还在这个圈子里，总会闹出来点动静。"他环着手臂往椅背上一靠，"再说了，演员也是人，会有许多需求，早晚要恋爱结婚，这并不是什么大事。"

也许是被顾泽无所谓的态度所感染，安歌的心情也慢慢平复下来，只是脸上还带着几分懊恼。

"说是这么说。"她咬了一下嘴唇，又想到什么，"可好歹我也是追过星的人，还是很能理解粉丝的想法的，就算大家都知道这是早晚的事，但……"

"不用这么在意，我早晚要走的，不可能一直留在这里。所以，大家怎么看都不重要。"

说完，顾泽起身回房，留下身后怔在原地的安歌。

此时，安歌脑子里像是悬了一口钟，有什么东西狠狠撞上它，撞出"嗡"的一声，余声回绕在她的脑内和心底。

对啊，他早晚都要走的。

为什么总会忘记他不是这个世界的人这件事情呢？

安歌下意识地顺着顾泽离开的方向望去，却没有看到人，只看到那扇被掩上的房门。

其实，现在的他们不过相距几步而已，不远，她清楚，他就在那里面。可不知为什么，她感觉，在顾泽说出那句话之后，他们之间的距离感蓦然生了出来，顺着时间轴线无限拉长，它的头和尾，她都看不见。

这种感觉，就像他是一颗星，她哪怕是站在地球上最高的地方，也永远触摸不到他。

就算现在这样近，但总有一天，他们会回到那样的距离，站在时空的两端。

是这样吗?

## 6.

接完媒体电话接公司电话,陆玖就这样在阳台上踱来踱去,手机和他的脑袋都在阵阵发热。

好不容易又处理完一位记者,挂了电话,他用手狠狠扇了两下风,一低头就看见楼下抬着头望着这里的人。

咦,那不是安歌吗?

只是,她在生气吗?从来没见过她这样的表情,满脸冰冷,嘴唇微微抿着。

呃……不过,刚才安歌不是还在客厅里喝粥吗,她是什么时候下去的?

陆玖不禁一愣,回头看了一眼客厅,餐桌边上,安歌虽然是一副丢了魂的样子,却明显在那儿坐得好好的。

这是怎么回事?!他狠狠眨了眨眼,感觉脑子里有些错乱,陆玖晃了晃头,再次转身往下眺望的时候,楼下的人已经不见了。

"都、都累花眼了吗……"陆玖嘟囔着。

手机铃声再度响起,陆玖把这件事抛到一边,飞快地接通电话:"喂,您好,如果是关于今早……"

"喂?九哥,你在哪儿啊?不是说好要我来找你拿东西吗?"电话另一头,陶尔琢有些郁闷地轻踢着陆玖家的门,"可是你都不在家。"

累昏头的陆玖忽然有些懵:"怎么是你啊?"说完这句话之后,

他猛然想起些什么，拍了拍脑袋，"啊，你是来拿剧本的吧？我最近事情太多，给忙忘了。你在那儿等我一会儿，我很快过去。"

电话那边的陶尔琢原本低落的情绪很快散去了，他"嗯"了一声，接着补充道："那九哥你快点啊，我还没吃东西呢，有点饿。"

陆玖无奈："我给你带。"他摇头笑了笑，挂了电话。


陆玖所说的剧本，正是顾泽接下的那个。

说起来，陶尔琢是那部电影最后定下的角色，在故事里起着至关重要的作用，几乎贯穿了一整条主线。陶尔琢饰演的是顾泽所扮演的督陶官的弟弟这一角色。

李导有强迫症，尤其是在电影选角这方面，严格得几乎到了苛刻的地步，在陶尔琢出现之前，因为找不到合适的演员，这个角色一直空缺着。

李导选人，首先看的是对方的气质与角色相不相符，其次是对方的演技，最后才是别的方面。

但能够和角色完美契合的人哪有那么好选呢？

可也是巧，某天，李导为了顾泽去和陆玖敲合约的时候，刚刚进公司就看见了陶尔琢。

他第一眼就觉得陶尔琢很适合，再加上陆玖有意无意的推荐，这个角色的演员终于定了下来。

但那时候陶尔琢只是来公司办理交接，不久就去了外地进行培训，于是在协商完毕之后，李导也就把他的那份剧本交给了陆玖。

其实当时陆玖有传过一份电子档给陶尔琢熟悉故事和人物来着，

他只要去打印一份就行了，可不知道出于什么原因，他非要过来拿。

这其实是一件很奇怪也很说不通的事情，但更奇怪的，却是两个当事人都不觉得有什么问题，也并没有觉得有哪里奇怪。

挂了电话走进客厅，陆玖脸上的笑意淡了下来。

他想了想之后，略带凝重地敲开了顾泽卧室的房门，把顾泽请了出来。

"现在看来，之前的对策是行不通了。还好，这两天你没有通告，剧组开机也还要再等几天。所以，你就先在家里休息，我看看网上舆论走向再想怎么解决。"陆玖顿了顿，又补充了一句，"这两天不要回应任何媒体，自己也注意一点，别再被拍到什么照片。"

顾泽闷闷地应了一声。

陆玖又瞥了一眼不远处的安歌："我信你，但是公司和粉丝却未必，毕竟那些照片摆在那儿，上面的东西在某种程度上来说，的确是事实。还有，看你的样子，你也许对很多事情都不在意，但她不是这个圈子里的。"

说完，他拍了拍顾泽肩膀，若有所指道："我知道，你不是一个喜欢麻烦的人。"

"知道了。"顾泽回望他，"这两天辛苦了。"想了想，又补充一句，"到时候给你加工资。"

听到顾泽不知是玩笑还是认真的话，陆玖一时语塞，有些想笑。他知道顾泽不善表达，顾泽其实是想感谢他的。

陆玖也没多说什么，耸肩点头："谢谢。"说完之后，他转身走到门口又停住。

"记者们这两天应该会守在附近，如果没有什么问题，不如我送安歌回家吧，也省得到时候又被拍到什么。"

顾泽却一口回绝："我说过，最近发生了一些意外，等会儿还是我送她回去，你放心，不会有什么问题。"

想到昨天晚上的那些黑影，安歌沉默了一会儿，不知道该说什么。

陆玖无言以对地投给顾泽一个微妙的眼神："呵呵，最好是不会有什么问题。"

陆玖离开了，屋子里又只剩下他们两个人。


安歌没有说话，顾泽面对着她。突然，他的身上散出很淡的微光，最后形成一层薄薄的水雾状，覆盖在他的身上。而等到水雾散去，眼前的人已经不是她所熟悉的模样了。

是她第一次遇到他的时候所看见的样子。

"收拾一下，送你回家。"顾泽开口，声音低低的。

安歌一愣，看了他很久才回过神。她本来想打趣一句"原来你的异能还有躲记者这个功效啊"来打破尴尬，但忽然又想起他那句"早晚会离开"，于是就没有心情开玩笑了。

安歌点点头，什么多余的都没说，单单一声轻应："嗯。"


## 7.

从出门上车，到下车进门，这一路上，两个人都没说什么话，像有什么东西堵在心里，怎么都破解不开。

可就算这样，安歌这一路上还是忍不住一个劲地偷瞄顾泽。

她曾经看过一个小故事，讲的是一个人在某次意外之后，因为些事情而换了张脸，等他再次回到故乡，已物是人非。最不可思议的是，一个和曾经的他长得一模一样的人取代了他，在故乡生活。过程很是曲折，他有努力解释过，但是没人信，于是他心灰意冷地离开故乡，再没有开口说过一句话，也再没有人真正地认识他。

然而，真的会有那样的事情吗？

瞄着瞄着，安歌不小心就对着他发起呆来。

虽然顾泽变了一张脸，但她却不觉得有什么不对。顾泽就是顾泽，不管变成什么样子，不管有多么会假装，也许对着这张脸还是会陌生，但她却不会去怀疑他不是他。

毕竟一个人身上的气息是不会变的。


安歌呆呆地跟在顾泽身后，却没有想到他走到她的书桌前，忽然就停了下来，还好她及时反应过来绷住脚尖才没有撞上他的背。

她刚刚庆幸自己没犯蠢地撞上顾泽，不料顾泽却在这时回身向前，两个人就这样撞在了一起。

"哎……"安歌抬起手揉揉鼻子，"你动作怎么这么突然啊，很吓人好不好。"

顾泽松开下意识扶住她手臂的手，轻咳一声，像是不好意思："我在想事情，没注意到你。撞疼了吗？"

"你说呢？"安歌把手放下来，露出红红的鼻头和微带水光的眼睛，满脸的委屈。

低头对上安歌的目光，顾泽也不晓得是想到了什么，嘴角略略一弯，抬起手就揉了揉她的头发，然后用哄小孩的语气安慰她："摸摸头就不痛了。"

安歌下意识地往后大大地退了一步。

心脏在胸腔里震出共鸣，跳得有些不规律，被摸头的触感还在似的，那种酥酥麻麻的感觉从头皮蔓延到了全身，弄得她整个人都有些热。过了会儿，当她好不容易藏好情绪抬起眼睛，却又正巧看见顾泽收回悬空的手，眨着眼对着她笑的样子。

于是，她又低下了头。

撩撩撩，就知道撩！都说了早晚会走的还撩！


并不知道安歌在纠结什么，也丝毫没有意识到自己的动作会让人想多的顾泽，一下子又恢复了正经脸："我有事情和你说……"

"有事你就好好说，不要一直撩我。"

顾泽没反应过来："什么？"

"什么什么？"安歌这才意识到自己的腹诽在没经过大脑的情况下变成声音跑了出来，她一脸懵圈，连忙摆手，"没什么，没什么，你继续。"

虽然没听清楚刚刚的话，但毕竟是有更重要的事情，顾泽也没有继续卡在这里，而是选择接着之前的思路往下说。

"我刚刚在屋外就觉得不对劲，现在进来，更确定了。"他环顾四周，"你这地方被人动过。"

"被人动过？"安歌一惊，连忙四处检查，却没有找到一点被动的痕迹，"没有啊，东西都在原位上，连书柜前的水晶球都没有翻边儿。"

"不是说这些东西，而是你房间里的气息。在这之前，这里是有人气的，也有你精神力遗留下来的某些信息，可现在再看，却是空空荡荡，什么也没有了。甚至，空得像是不曾有人在这里住过。"

安歌依然不解："这是什么意思？"

顾泽解释了一会儿之后，发现安歌不止没有听懂，反而越发困惑，这时候才想起，许多在他们那里司空见惯的东西，也许这个世界里从未出现过。这样说来，也难怪她会不懂。

用一个未知的东西来解释另一个，理解能力再强也还是会很费劲。

于是，顾泽把所有的理论简化成一句话："你不能再在这里住了，会有危险。"

而最危险的一点，就在于他推断不出那个人到底想做什么。

安歌对于顾泽的话，没有半点怀疑，直接就选择了相信。

"那、那我……"

虽然她结结巴巴说不出话，但顾泽还是看出来她想问什么。

他垂下眼帘轻叹口气，向着安歌走近几步。

"从今天开始，你就住我家。"

# 九
## / 很久以后的后来 /

**1.**

早晨，天气还有些阴郁，到了中午，云层被全部拂开，居然出了大太阳。站在陶艺室里，安歌盯着脚边的行李发呆，在等楼上的顾泽做什么"清理"。

虽然不大懂他说的那些话，但听他的意思，似乎那个人把黑影化成了无形的东西埋在这里，而他便是要把那些东西给揪出来驱散掉。

安歌觉得有些奇怪。如果说那个人真的把黑影埋伏在了这里，那他是想做什么呢？难道她这儿有什么他想要的东西不成？

想了好一会儿才发现楼上不知怎的没了动静，安歌觉得奇怪，于是对着楼上喊了一嗓子："顾泽？"

然而没有人回应。

逐渐生出一种不好的预感，安歌又喊了几声，可是依然没有任何回应。心底一紧，安歌拔腿就往楼上跑，却也就在这时，那边忽然传来顾泽的声音。

"别上来！"

他的声音像是被压在了嗓子里，连说句话都费力。

闻言，安歌没有停下，反而加快了脚步上去，只是到了门前，却发现门打不开。

"顾泽，你在里面吗？发生什么事了？"

门内又是一阵响动，安歌在外面干着急，想撞门又撞不开，那里像是有一种奇异的力量将门板堵住了，隔绝出两个世界。可就算是这样，她站在这里，也能够感觉到里面能量的波动。

等等……能量？！

按照顾泽的说法，她的磁场不是可以化解掉这些能量吗？可现在她就站在这里，里面却一点影响也没有，这是怎么回事？

顾泽牙齿咬得死紧，狠狠盯着眼前的人。在他的瞳仁里，映着的是一张安歌的脸。

"我再问一次。你不是她，你是谁？"

"你怎么看出来的，我不是她？"

Monster不答反问，相对于顾泽的吃力，她却是一脸轻松，只是看起来有些困惑，像是真的在想这个问题。

顾泽刚想开口，却不料对方的能力骤然加强，他弯腰旋身挣脱桎梏，却不想，下一刻，对方便抬了手聚出一道光刃朝他劈来，白茫灼眼！

顾泽左手比出个障挡住那道光刃，却被击得连连后退。

见顾泽无碍地站定下来，Monster牵牵嘴角，似笑非笑："你很强。"

而顾泽不答，咽下喉头处涌上的一股腥甜，他抹一把嘴，望着Monster，满脸防备。

Monster手指微动，数道烟雾自她指尖跃出，慢慢凝成叠叠黑影，几乎要灌满整个房间。

在眼前的清明被黑影遮盖之前的最后一刻，顾泽看见的，是Monster带着浓厚戾气的眉目，冷彻刺骨，让人不禁心头一颤。

也就是这个时候，他在她的眼底看到星星点点的光亮，让人晃神，他的意志力在这一刻被分散开来。她幽深的眼瞳像是一个漩涡，能够把人的心智卷入，继而吞噬得干干净净，一点不剩……


**2.**

将时间倒回一刻钟之前。

那时候，顾泽还在清查着屋内的情况。

虽说他已经决定让安歌搬去他那里，但他还是需要把这里彻底清查干净。哪怕推断不出来那个人做这件事情的原因，但至少，能够初步从这里确认那个人的能力值的大概范围。

而在他清查的时候，安歌走了进来，带着一贯的笑意："你还没好吗？"

顾泽回头，隐隐觉得有些不对劲，却又说不上来哪里不对，只是下意识地带上了防备。

"快了。"他稍稍走近她几步，"不是叫你在下面等我？"

"我有些无聊，就想上来找你。"她说着，歪了歪头，将目光投向别处，看上去有些不好意思。

每个人在某些特定的时候都会有些不自觉的小动作，也许他们自己都没有发现。比如安歌，她经常因为嘴比脑子走得快而说出一些话，在话出口之后，又会不好意思，每每这个时候，她就会别开脸错开视线，也会把手背在身后揪着指头。

如果单从这些地方来看，Monster半点都没有差漏，顾泽也无法确定这份不对劲，是自己的错觉，还是其他什么。

但有一点……他觉得自己可以试一试。

他眼神一凛，聚力于指尖射向她。如果对方是真的安歌，那么，她不会发生任何意外，因为她可以化解他的能力。

但是，对方抬手挡住了他的攻击，并且瞬间来了一个反击。

房门被一阵气流带上，在屋内形成一个封闭的环境，和外面隔绝开来。

顾泽和她拉开距离，语气里满是戒备："你不是安歌，你是谁？"


在很久以后的后来，安歌和顾泽提起这件事情的时候，也会有些疑惑。

真正熟悉的人，真的可以不必靠外貌来辨认，单只一眼，就可以知道那是不是他吗？

如果有那么一个人，他站在你的面前，和你最亲密的人长得一模一样，是真正意义上的一模一样，外貌、声音、身高，甚至细微的小动作都是一样的，那么，你怎么可能一眼辨别出呢？

在听见这个疑问之后，顾泽笑望了她一眼，想了许久，最终却只是表情微妙地摇了摇头："其实我也不知道这是怎么回事，但在那个时候，我就是觉得她不是你。有时候，男人的直觉也蛮灵的不是？"

真是个不走心的回答，安歌翻了个大大的白眼。

"你不信啊？这是真的。"

"好好好，我信……"安歌边敷衍着点头，边找准时机狠狠撞上顾泽的额头，眼里带了几分狡黠，"信你个鬼！"

两块骨头隔着薄薄一层皮撞在一起，碰出一声脆响，撞完之后，安歌捂着头哭哭唧唧地捶着顾泽："你头怎么这么硬啊？"

顾泽叹着气笑出声来："好好好，我错了……"

空气里弥漫着绿叶的味道，阳光洒在身上的感觉很是暖融，而在这样一片光色下，女孩站起身来，弯着腰对他做出一个鬼脸，说了一句"这还差不多"。

彼时尘埃落定，女孩的裙摆随风扫过花坛，脚步轻快地跟在他的身后，一切都是正好。

那是，很久以后的后来。


**3.**

看到顾泽的精神力慢慢淡化、逐渐陷入迷蒙，Monster 的眼瞳颜色越发深了，她噙着一抹冷笑，慢慢逼近，仿佛他已经是她的囊中之物。

这时，门外传来一个声音。

"顾泽，顾泽你还听得到吗？"

顾泽眼睫一颤，猛地从 Monster 的控制中挣脱出来，然后聚起全部的力量朝 Monster 发出攻势。

Monster 转身险险地避过，封闭的环境因为 Monster 这一瞬间力量的减弱而破除，下一秒，门就被从外面踢开。

"顾泽！"

随着一声惊呼，屋内原本凝滞的气氛顷刻间被瓦解。同时，Monster 的身体散成碎片——那是无数块小瓣的黑影，它们像是一小团一小团聚集的雾气，在安歌的一个挥动之下，化成飞灰散了个干净……

等等，也不算是散干净了。

这个时候，有一丝极细、极碎的黑雾，它混在顾泽的发丝里，化成针似的形状，直直刺进他的太阳穴，然后又穿了出来，带起几点血迹和一丝微弱的白色烟气。

慌乱之下，安歌丝毫没有注意到这些东西，只直直奔向脸色苍白的顾泽。

"你没事吧？"

顾泽轻轻摇头，强忍住身体的不适和脑内的眩晕感，拉着她的手就走。

他的手臂上还有像是被火灼烧过的痕迹，带着块块红肿。

安歌皱眉，但没有多说什么，只是转而扶上他的手臂，就这样搀着他。

顾泽不由得一愣，毕竟这不是他第一次受伤，对他而言不是大事，没想到会有人因此在意。

嗯，被人照顾的感觉还真不错。

也许顾泽自己都没有发现，这是他第一次依赖一个人，并且这么心甘情愿。

毕竟，对于某些人而言，死撑容易，放松才难。

**4.**

当他们提着行李再次回到顾泽住的小区的时候，顾泽已经恢复了原本的模样。安歌记得他之前对她说过，会发生这种情况，是他的能力不足以支撑他的改变了。

安歌提着行李在前面走着，一回头就看见像是要晕倒的顾泽。

"你怎么了？"安歌一急，"没事吧？"

顾泽咽下几声咳嗽，望她一眼却没有说话，只是无法聚焦似的眯了眯眼。

他身子轻晃，扶着额头闭上眼睛休息了一会儿，等再次睁开眼，安歌很明显地在他眼睛里看见了通红的一片。

她刚想问他怎么样，他却忽然扯住她的手腕快步走。

终于到家了。

两个人开门进屋关门的动作一气呵成。

被拽着小跑了一阵的安歌站在玄关处喘着气，随手把行李放在鞋柜上。

"你、你走就走，跑什么啊……难道刚才……"安歌气还没喘匀，话也没问完，眼前的人影忽然一晃，眼看着就要倒下去……

"顾泽！"

安歌一惊，下意识地就上前想扶住顾泽，却没有想到手上不稳、脚下一跄，反而顺着顾泽倒下去，扑在了他身上……

在摔下去的那一瞬，安歌难得反应敏捷一次，她用双手撑在他身体两侧，就担心在这时候压着他，怕他伤得更重。却没想到，她的左手手腕处传来一声脆响。

"咔！"

安歌闷哼一声，往右一侧，抬起手就看见左手腕红肿了。

不过，安歌立刻把这件事抛在了脑后，转身过去推躺在地上的那个人。

"顾泽，你怎么样了？你还好吗？"

倒在地上的顾泽身体冰冷，不管怎么推、怎么叫，也还是没有半点反应，这个样子，实在让人担心。

安歌在这一刻有些无助，很多东西在眼前闪过，却没有一个有用的。如果是普通的伤病，她一定会毫不犹豫地拨120，可顾泽这个样子，她实在没把握送医院。

毕竟不是普通的伤，如果被问起，该怎么说？他到底不是这个世界的人，万一检查出什么，又该怎么解释？

她瞥一眼自己完全使不上力的左手，又望了一下倒在地上的顾泽，心底越发急切。

安歌自小就习惯了独立和坚强，因为明白自己没有依靠和退路，所以遇到什么变故也能先冷静下来，再慢慢解决。然而，这次不一样，太不一样。

这是第一次，她无助得鼻子发酸，想哭出声来。

"你到底怎么了？你哪怕、哪怕哼一声啊……"她声音里都带上了哭腔。

安歌不死心地又推了顾泽一把，却不料，触手寒意刺骨。

顾泽整个人都像块冰一样，丝丝往外冒着冷气。

这下子，安歌更加慌乱。

这、这是怎么回事？

突然，顾泽的电话铃声响了起来。

安歌愣了愣，僵硬着身子，从他口袋里拿出手机。

在看到来电显示的时候，她放空的眼睛陡然有了光亮。

她快速地接起电话，在对方还没说话的时候，立马开口，像是抓住了希望——

"喂，是陆玖吗？我是安歌！你现在能不能来顾泽家一趟？这、这里……这里出了些事情……"

# 十
/ 说不出来的心情 /

**1.**

客厅里，沙发上斜斜倒着个人，睡姿惊人。而在他的身边，是坐立不安的安歌。

不久，陆玖端着盆子从顾泽的房间里走出来。

安歌立马站起来望向他："怎么样？"

陆玖叹了口气："还没醒，不过身上已经回温，没有那么冰了。"他欲言又止，本想问她发生了什么却没问出口来，"你如果不放心，可以进去看看他。"

"嗯！"安歌点点头。

陆玖就这么看着她走进去，叹一口气。他转身，去厨房里洗了盆子里的毛巾，再走出来时，一眼就看见了倒在沙发上睡觉的陶尔琢。

"这样睡着，不落枕才怪。"陆玖轻声喃喃，原本凝重的面色在这一刻变得柔和。

他朝着睡姿扭曲的陶尔琢走过去，本来想把陶尔琢拍醒的，可手最终却停在了陶尔琢的肩膀处。他无奈地叹了一声，把陶尔琢的头扶正，接着又把陶尔琢的手脚放平。

睡得好好的，无缘无故被这样摆弄，大概是不大舒服，陶尔琢于是动了动，脸也顺着往边上蹭了蹭……

手心被蹭得有些痒，触感温温软软，像是被猫咪的小肉垫挠了两下，让人忍不住想把它握住。陆玖低头，怔怔地看着自己手边上的小脑袋。

顿了几秒钟，最后还是忍不住轻笑出声。

"这样睡着真的舒服吗？"

在陶尔琢的脸上轻轻掐了一把，陆玖收回手来给他盖上被子，接着坐在了他的身侧。

陆玖瞟一眼顾泽的房门，又收回目光再次望向陶尔琢。

其实陶尔琢的身份有些神秘，甚至比顾泽更加神秘。顾泽会明明白白告诉你他有不能说的东西，所有行为也不会让你担心。而陶尔琢，他把所有关于自己的信息都藏得很好，不论用什么方法，都查不到与他有关的半点东西。

陆玖的目光逐渐变得幽深，整个人似乎陷入了沉思。

有时候，陆玖觉得陶尔琢很单纯，有时候，又会觉得他难以看透。其实，这样的人很可怕，或者说，让人看不穿的人，都可怕。因为没有哪个普通人会在日常生活里都刻意掩饰自己。

因为生长环境的缘故，陆玖自小就知道如何看人。

他直觉陶尔琢不简单，也知道自己的直觉一向准得可怕。然而，这是第一次，他开始怀疑自己的直觉是不是有所失误，也是第一次，无法准确地去定位一个人。

毕竟，不论什么时候看过去，陶尔琢都是干净的、明澈的，像只小动物，总是一副无害不设防的样子，天然又不让人讨厌。也就是这种和浮华的娱乐圈格格不入的气质，才会让李导一眼就相中他，让他饰演那个角色。

最初的时候，陆玖也是因为这样才注意到他的。

睡梦中，陶尔琢咂咂嘴，翻了个身，上衣被蹭得掀开，露出一截小腹，看起来细细软软、白白嫩嫩，如小孩一样。

陆玖的思绪就此终止。

他极其自然地将陶尔琢被卷上去的衣服扯了扯，盖住肚子，接着又拿起被踹到角落里的沙发毯给陶尔琢掖得严实，之后才起身往顾泽的卧室走去。

**2.**

顾泽还在睡着，而在他床边的，正是眼睛红红的安歌。

"你不是又哭了吧？"倚在门上，陆玖单手揉着太阳穴，"从昨天到现在，你不睡觉就算了，也犯不着一直哭啊，毕竟他也没什么大事。"他瞟了眼顾泽，"看起来，不过就是睡着了而已。"

说是这么说，但陆玖当然知道顾泽不只是睡着了这么简单。

他早知道顾泽有秘密，但既然顾泽和安歌都没有把事情告诉他，那他也不打算多问什么。而且，即便要问，现在也不是什么好的时机。

在照顾顾泽的时候，陆玖也有些惊讶，毕竟一个正常人，哪怕自我愈合能力再强，身上的伤口和痕迹也不可能在一夜之间消失不是？

可顾泽身上的所有伤痕，无论是被火灼伤的痕迹，还是青紫一片的打痕，在陆玖给他热敷的时候，它们就这么在陆玖眼前一点点愈合淡化，最终消失。

这实在是一件很奇怪的事情，奇怪到让当时的陆玖好一会儿才反应过来。

不论如何，现在的顾泽看起来状态不差，并且已经在慢慢恢复，这就可以了。至于其他的事情，再怎么样，也要等他醒来才能进行确认。

安歌抹了抹眼睛，手背上一片湿润。

她抿了嘴唇："你来了啊。"

"嗯。"陆玖站直了一些，"你还是去睡一下吧，等他醒了我叫你。"

"不用了，我不困。"安歌眉头皱得死紧，"你说，他不会有事吧？"伸手去碰了一下顾泽的额头和颈部，"温度都已经恢复正常了，为什么还不醒呢？"

"当一个人在疲累的时候，会觉得头晕犯困，无法思考，继而陷入深度睡眠，就像你上次疲劳过度昏迷那样。身体怕你太累，于是暂时停止运作，这是人体内部自我修复的过程。"陆玖挑眉，"也许他也是这样，睡醒了就好了。"

"可是……"

安歌仰头，欲言又止。

可是，顾泽也会是这样吗？顾泽和这里的人都不一样啊！

安歌想了很多也分析了很多，她也尝试着用理智来分析和安慰自己，却仍然没有办法不在乎、不担心。

在安歌思绪混乱的时候，陆玖却忽然间感觉到肌肉一阵酸痛，他抬手捏了捏肩膀，却像是扯住了哪根筋，僵得发疼。到底也是好久没睡，又在这样的情况下处理了这么多事情，在思绪放空的间隙里，阵阵疲惫袭来，他低了低眼睛，打了一个呵欠。

"既然你睡不着，那我先去休息了，等你挺不住了来叫我，我们换班。"

安歌点点头，满脸的失魂落魄。

陆玖没有再多说什么，径自走进了隔壁房间，刚刚沾上枕头，困意便袭过来了。可就在入睡的前一刻，他想起什么似的，挣扎着又站起身来，走向客厅，最后，停在沙发边……

说来也巧，就在这一会儿之后，安歌看见顾泽的手指动了动。她眼睫一颤，心底一紧，甚至有那么一瞬屏住了呼吸。

安歌就这么看着顾泽，她此时不敢说话，只是望着他，等待着。

也不知道等了多久，顾泽的眼皮动了动。

"你醒了？"

这个声音有些急切，正好响在顾泽睁开眼的那一秒钟，虽然问的是他醒了没有，但话外的意思，却像在说"我等了你很久了"。

顾泽用手撑着身子坐起来，嗓子低哑，第一句话甚至没能发出准确的声音就干卡住了。

安歌见状急急地端来桌边的水给他。

顾泽看她一眼，接过水杯一口喝掉。

喝完之后，他轻轻闭着眼睛，靠着坐了一会儿，像是在缓神。

过了没多久，他睁开眼睛。

在看见安歌眼里水光的时候，他一愣，接着便斜斜扬起嘴唇，挑起眼角，敛住所有的不适感，做出一副不怀好意的表情。

"你眼睛怎么是红的？哭过还是没休息好？"想了想，他故作惊讶，"怎么，你该不会是以为我死了吧？见我醒不来都急哭了？"

原本的不安被这两句话轻易打散，安歌一把夺过水杯，怒目瞪他，心底像是被什么挠了两下。亏她担心这么久，没想到他一醒来就怼她。

看来他是真的清醒了，呵呵。

不动声色地将安歌的情绪转变收入眼底，顾泽的眸中带上点点笑意。

其实在醒来的第一秒，看见身边有人等，这种感觉很好，只是有点微妙，而当时的气氛也有些让人觉得不适应。顾泽不是一个善于表达的人，甚至也不善于接受。

所以，在面对这样的情境的时候，他的第一反应就是打破它。

可安歌并不知道，于是呵呵笑两声。

"对啊，以为你死了，哭丧呢。"

"这么毒？"

"你管我！"

说是这么说，可事实上，安歌看见他醒来，听到他的声音，她不禁鼻子泛酸，心底也涌起一些陌生的感情。就是那些东西，弄得她有点乱，可抬起眼睛，对面的人却只是笑，半点别的反应都没有。

这样的顾泽，让她觉得……有些可恶。

没有缘由的，就是可恶。


## 3.

两个人各自怀着小心思沉默了一会儿。

"对了。"安歌忽然想到什么东西，瞬间就把刚才的郁闷抛到了九霄云外，"你昏迷的时候，身子变得很冰，是那种冰块一样的感觉，丝丝往外冒寒气。这是怎么回事？"

很冰？顾泽反应了一会儿，然后轻轻地笑了笑。

顾泽稍微组织了一下措辞，用最简单的说法向她解释。

"没什么，能量的暂停使用，身体保护系统的自动运转，在暂冻状态下，身体的各种消耗都会降低，算是自我修复的过程吧。"

"还真是这样啊。"安歌喃喃念着。原来，陆玖还真没说错。

接着，她急急地问他："对啦！还有，当时在我房间里，你遇到了什么？"

没听清安歌的问题，此时，顾泽的注意力全被她左手腕上缠着的那圈厚厚的绷带吸引了过去。

"你的手怎么了？"

"呃？"她下意识活动了一下手腕，接着就是一阵刺痛袭来，她倒吸了口冷气，然而，在接触到顾泽视线的时候，又佯装无事，"就是不小心扭到了一下，没什么要紧的。你还没有回答我，你在那里看见了什么？"

——你在那里看到了什么？

顾泽的脑仁里混沌一片，他在这句话之后用力回想，记忆里却只有团团黑影和一些残缺的片段，怎么都拼不完整。

他总觉得自己忘掉了一些重要的东西。

在他的潜意识里，那些东西似乎很是危险，是不可忘的。

他一下一下地捶着头，每一次都比前一次的力度更重。

这样的顾泽，看得安歌有些心惊。于是，她连忙握住他的手："想不起来就不要想了。"

背脊处阵阵发冷，大脑像是被针扎过，在这样的状况下，顾泽没有办法调动自己的能力强行冲开自己的表层意识来搜寻更为深层的记忆。原本有些心急，可就在这个时候，他的手被握住，十分温暖。

然后，他抬眼就看见她担心的样子。

顾泽原本定在回忆里的思绪一下子又跑了回来，忽然发现，当他不去想那些事情的时候，脑内的疼痛感便立刻减轻，这样的情况让他隐隐有些不安，也更想知道当时到底发生了什么。

深呼吸，他暂时压住自己的心绪，然后抚上她手腕处的绷带，眼底带着几分疲惫。


"你当时进来干什么？"顾泽问她。

面对再次发问的顾泽，安歌一下没回神。

"我、我怕你有事啊……"

"我是不是有叫你不要进来？你知不知道当时很危险？"

"可是、可是……"安歌讷讷着，"可是你当初找我合作，不就是想让我帮你忙的吗？你不是说了，我的磁场可以化解他们的能力吗？"

顾泽一时语塞，找不到话来回。

见状，安歌于是理直气壮地数落起他来："对啊，我不就是来帮忙的吗？现在你这样一个人冲到前面，还护着我……我干吗要你护？我又不会有事！你是嫌自己活得太长了吗？！"

顾泽见她说着说着像是真的生起气来了，歪歪头："你在担心我？"

"鬼才担心你！"安歌说完偏过头，欲盖弥彰地笑了几声，"我是看你、看你……"

看你什么的，后面的话，却怎么也讲不出来。

而顾泽在这时候，也沉默下来。


安歌说得没错，在最开始的时候，他的确是为了这个才找她合作的，他其实也知道，那些黑影不可能伤害到她。也正因如此，那次在郊外他身受重伤，他才能够那样自然地求助于她，什么也不考虑地让她过来。

可现在是怎么了？为什么却没有想到呢？为什么好像一下子忘记了她的能力，下意识地就想保护她？

想不出这些问题的答案，顾泽索性没有再想，只是轻轻拽过她的手臂举起。

"你还没告诉我，这是怎么弄的。"

"这个？"安歌想到当时的情景，抠一抠脸，有些尴尬。想了会儿，她眼珠转了几轮，开始一本正经地胡说八道，"当时那个情况，你是不知道！说时迟那时快，就在我把你扶进门的那一刻，屋外忽然就飘来了一堵铁墙……"

"飘来……铁墙？"

"别打岔！"安歌比画着，"那堵飘来的铁墙，它本来是往你身上砸的，带着的那是雷霆万钧之势啊！但就在电光石火之间，你猜怎么着！我特英勇地把你护在背后，然后伸手一挡……于是'咚'的一声！"

安歌说得兴起，边说边看向顾泽，刚好撞进一双含笑的眼睛里。

"'咚'的一声之后。"顾泽顺手把她的头发钩到耳后，"怎么了？"

有酥酥麻麻的温热感，自被他手指触及的耳尖处生出，一点点蔓延到了脸颊和脖颈。安歌挠了挠耳朵，微微低下了头，之前编故事那股气势不知道去了哪里。

"就……那堵墙就被我打碎了呗，然后我手也就这样了。"

顾泽饶有兴趣地点了点头，满脸真诚："你真棒。"

"过奖，过奖。"安歌抱拳，却不料手腕处被扯了一下，于是，她疼得又抽了抽眉头。

顾泽见状，轻嗤一声，笑着摇摇头。

"那边的柜子，下面第三层有一个白色的小医药箱，拿过来，我给你换个药吧。手腕扭了需要冰敷和按摩，要把药按进去，不是光包着就可以了的。"

睫毛被室内的台灯染成淡金色，眼睛里也落了细碎的光点，顾泽的眼睛是稍浅的棕色，但凡有光投入，哪怕只是浅浅几分，就会变成一汪潭水，似乎能够流动起来。

和毒舌、无聊、爱耍人的顾泽相处了许久，再看见这样的他，安歌几乎反应不过来，好像银幕上那个温柔的男神又回来了似的。也正因如此，她迷迷糊糊就去拿了东西，迷迷糊糊就这么走了回来，迷迷糊糊就乖顺地坐在一边让他帮忙上药，而最后……

最后，她也是迷迷糊糊，就这么睡着了。

顾泽第一次看见，有人在上药的时候睡着，毕竟要把药膏按摩进去，还是需要一些力度，其实也是有些疼的。他低叹一声，也不知道她在他昏睡的时间里，休息得是有多不好。

"嗯，这么看起来，你好像真的很累。"他喃喃出声，伸手碰了碰她眼底的那片青色。

片刻之后，他起身将她抱起，小心地轻放在床上，然后为她整理好被子。

安歌哼唧几声，习惯性往边上滚了一下，而顾泽眼疾手快地稳住她的肩膀，抓住她的手臂，不让已经受伤的手腕受到二次伤害。

他刚想松口气，却忽然发现，他们这个姿势，似乎有些暧昧。

床头灯不比照明灯，偏柔和，不很亮。此时，它就这么带着微昏的朦胧光色静静洒在她的脸上，也洒在屋内的每一个角落里，像是给四周都盖上了一层薄纱，柔和了所有的一切。

睡着的女孩微微嘟着嘴唇，时不时发出几声辨不清内容的呢喃。看上去，有些可爱。

顾泽微怔，他演过很多角色，对着许多人"心动"过，也曾深情款款，也曾霸道强势，也曾温柔亲和，也曾细心体贴。每一次，他都是入戏了的，却没有一次有过这样的感觉。

不是演出来的放空，而是真的什么也想不到，只是这么顺着自己最自然的状态，不自知地与她靠近，这不是他自己的动作。

他想，这样的靠近，大概是因为重力吧？既然是重力，那就不是人能控制的……

于是，他一点点往下倾去，眼前的人也一点点与他更加接近。

这时，睡着的安歌稍稍转头，轻哼几声，温热的气息擦过他的嘴唇，有些痒，痒得让人一下清醒了过来。

他飞快地直起身子，像是猛然间被惊醒似的。

刚才怎么了？

他再次深深看她一眼，眼底有几分挣扎、几分疑惑，情绪来回闪现，变得飞快。

没有人知道他在那短短的时间里想了些什么，或许就连他自己也讲不清楚。

清醒之后，顾泽做的第一件事就是与安歌拉开距离，然后快步向着门口走去，像是要把什么丢在身后，像是……在逃避些什么。


4.

辗转反侧了一整个晚上都没睡好，天亮时，窝在客厅里的沙发上的顾泽才沉沉睡去，但不久又被冻醒过来。

顾泽刚刚打了个哆嗦，睁开眼睛就看见抱着手臂坐在一边的陆玖。

一愣之后，顾泽状若无事："你在这儿啊。"

陆玖微微颔首："嗯。"

说起来，前一天晚上走到客房里打算睡觉，在发现陆玖也在的时候，顾泽其实是吓了一跳的。但转瞬一想，作为他的经纪人，陆玖在这儿的话，也是理所应当。毕竟那天的新闻闹得那样大，即便这几天他没有关注这件事情，但事况如何，猜也猜得出来。

顾泽的心有些乱，满满当当都在念着之前对着安歌的心情，所以他只是粗略做着猜测。想，也许陆玖是以为安歌走了，才会想过来和他商量这件事，之后发现他的状况，帮了安歌一把，这才在这儿休息的吧。

这么想顺了之后，顾泽就没多在意别的，反正床那么大，睡两个大男人也是可以的。

然而，正在他准备躺下的时候，却忽然发现床的那边还缩着一个陶尔琢……

虽然说陶尔琢算是他师弟，还比较熟……

哎，等等，陶尔琢？顾泽一愣，随即挑眉，暂时忘记了刚才面对安歌的时候那份说不上来的心情。眼前的两个人睡得很熟，他在床边站了一会儿，像是想到了些什么东西，露出一个谜之微笑。

只是毕竟刚刚恢复一些体力，身体还是疲劳的，不久困意袭来，他又揉了揉额角。

"好吧，该睡觉的时候还是得睡觉。"不然的话，站在这里笑感觉怪怪的。

他轻叹一声，若有深意地望了床上的两人一眼。

作为这套房子的主人，顾泽就这么走去了客厅，睡在了沙发上，非常有奉献精神。

可是，躺下去的时候，他蓦然间又想到安歌，手指不自觉擦过自己的唇瓣摩挲起来。

说起来，这是他第一次有这样的感觉，奇奇怪怪，弄得他有些心乱。作为一个看待事情从来都算通透的人，这一次，他并没有想得明白这样的感觉是因为什么。也许，正因为一直以来的清醒，所以在迷茫的时候才会越发辨不清。

说起来，每个人都是这样吧？不论那是什么东西，一旦牵扯到了感情，就算看待别人的时候什么都清晰，可一轮到自己，就什么都看不清了。

空旷的客厅里回荡着一声浅浅叹息。

也不知道是纠结了多久，顾泽终于闭上眼睛。

还是该早点睡啊。他琢磨着，说不定就是因为他不小心在睡眠时间内醒来，才会有这么多的想不通。这么想着，他努力地酝酿着睡意，稍微眯了一会儿。


玻璃杯被放在玻璃茶几上，发出一声脆响。

陆玖对上顾泽的眼睛，不知道在想些什么，只是略略扬了扬嘴角。

"不解释一下吗？说送她回家，却弄成这个样子。"陆玖交叠着十指搭在腿上，"还有，你上次说的那个意外，我忽然有兴趣了。"

一晚上没睡好的结果就是会有些头昏脑涨，顾泽伸个懒腰，像是没听见。

陆玖见状，非常有耐心地重复了一遍。

终于不再装聋子，顾泽瞥一眼窗外："这不还没天亮嘛，没睡醒也没吃东西的，起这么早说这些事，不合适。"

陆玖"哦"了一声："那你觉得什么时候说比较合适？"

"我觉得吧，每天都有每天的事情，什么时候说都不太合适。"顾泽掀开沙发毯坐了起来，揉一揉酸麻的肩膀，一脸无赖，"毕竟不是什么好事，说危险也还真是挺危险的，啧啧……你看，要我说了，把你牵扯进来就不好了不是，你说呢？"

陆玖原本一下一下点着手背的动作停了下来："所以你是不打算和我解释了？"

"是这样。"顾泽毫不掩饰地点头，"你没有知道这些事情的必要……"

"顾泽。"

男人忽而沉了声音，眼底向来的随意闲散尽数被凝肃代替，身上也散发出淡淡的威压，和平时的陆玖完全是两个人。

陆玖只是唤了一声他的名字，顾泽却恍惚间觉得陆玖好像说了很多东西。

顾泽没有回应，只是站起身来，倒一杯水递给陆玖，在背对着陆玖的时候，调整出一个轻松的表情。

"喏，大早上这么严肃干吗，喝个水。"

陆玖没有接，只是这么看着他。

见状，顾泽也没有勉强，收回手自己喝了一口，然后朝着茶几的方向努了努嘴。

"差点没看见，你那儿有水啊。"

陆玖站起身来："装傻？"

顾泽笑笑望着他，修长的手指一下一下点着杯口。

"你不是一直知道嘛，我有秘密这件事情。既然讲了是秘密，自然就是不能说。"顾泽转头，侧开目光，"陆玖是顾泽的经纪人，但你不只是我的经纪人。每个人都有秘密，其实都差不多不是。"

"差不多？"陆玖突兀地笑了一声，"我还真想和你差不多，不管伤得多重自己一晚上就恢复了，我都怀疑自己是放了快进在看纪录片。"他在自己的手臂上比画出顾泽伤口的形状，"这么大的血印子，当时看着真是吓人。可现在，我要不说，谁知道你这里掉过一块皮，而且还就是前一天？"

顾泽又喝了口水："既然你会这么问我，就说明你还是信我不是？不然你早该被吓跑了吧。"他模样闲散，说出的话却认真，"我说你知道太多没好处，这点没骗你，再说了，这些事情，你知不知道没差别的。"

"这种暂时超出人类认知范围的东西……"顾泽做出一个微妙的表情，看起来有些委屈，"我还年轻，不想被送去解剖。"

两人相对，却没有人再开口说些什么。

良久，陆玖低下头干笑了声。

"好。"他调整了一个舒适的坐姿在沙发上，举起玻璃杯对着顾泽做出个敬酒的姿势，"不说可以，但你的资源是我好不容易争取来的，只要不影响工作，我可以当没看见过。"

　　顾泽扬唇，把杯里的水一口饮尽。

　　陆玖见状，也一口饮尽。

　　白开水，玻璃杯，一些没什么实质意义的话。

　　"对了，陶尔琢……"顾泽欲言又止。

　　"你放心，他不知道。"

　　顾泽微微颔首："那就好。"

　　两人就这样在无形中达成了一个什么交易似的，彼此之间没有一个人再提过这件事情。

　　就像，真的什么也没有发生过。

# 十一
/ 把你借我一下吧 /

**1.**

"现在距离顾泽的绯闻事件已经过去了一个星期，顾泽方面仍然没有回应，甚至他最新主演的电影也推迟了开机时间。"

电视里正播放着娱乐新闻，俏皮可爱的女主播兴致勃勃地说着最近热点。

"有人说这是因为拍摄地出了问题，剧方在积极寻找新地点，但是据剧组方的知情人士称，更加主要的原因是顾泽现在身体不适，还有爆料呢，说顾泽因为不想回应绯闻事件，所以拒见媒体，也就是这样，才躲避着……"

剧组方面的知情人士？编的吧？！不然的话，她倒想问问这是哪个知情人士。

安歌一把关掉了电视，眉头微微皱着，看上去有些愤愤不平。

果然啊，这些媒体就知道一本正经地胡说八道，什么身体不适、什么耍大牌，剧组推迟开机时间分明就是之前说的第一点。因为原定的拍摄地发生了一些意外，临时找不到新的拍摄地点，所以才会出现推迟开机的状况。

　　可这些新闻，一个个都把真正的原因摆在那样模糊的位置上。

　　为了收视率而不顾事实，这样真的好吗？！

　　安歌把遥控器往沙发上一丢，然后直直地往后仰下去。

　　这个掺了百分之八十水分的娱乐新闻，如果要说有哪一点是真的……

　　那可能，就只有顾泽对那个绯闻的态度了吧。

　　顾泽的确是没有回应，公司方原本是想要冷处理，却没想到不过几天就已经发酵到不可控制的地步，甚至网友们也扒出了安歌的身份和个人信息。陆玖原本打了个官方的稿子准备发，却被顾泽拦住了，说他有自己的想法。

　　就这一句话，直接把那个方案给灭在了摇篮里，差点没把陆玖噎死。

　　也就是那天晚上，因为这桩绯闻而牵扯出来的、网络上所有有关安歌的信息，都莫名其妙被抹掉了，没有一点痕迹。

　　安歌其实猜到是顾泽做的，虽然在她这么问他的时候，他一句话都没有说，只是用一种很奇怪的眼神看她，好像在传达着什么信息。

　　可是她读不出来，也实在是弄不懂他。

　　她咬了咬嘴唇，像是陷入哪件事情里拔不出来了似的，满脑子都是绯闻和顾泽。他到底怎么想的呢？又到底想做一些什么？

安歌有些苦恼。

原因是什么，想不出来啊……

就算这几天一直和他在一起，但她一句话都没有问出来，也完全不知道他的想法。顾泽很会转移话题，总能够在打消她疑问的时候顺便"调戏"她一把，让她窘迫得连自己想问什么都忘了。

"真是狡猾……啊，不管了，爱怎么样怎么样吧……"

她自言自语嘟囔了一阵，打开手机习惯性刷起了顾泽的微博。

看到手机里一条显示"热门"的博文的时候，她的表情瞬间就凝固了。

"这、这……"

这不是真的吧？

她吞了下口水，满脸的不敢置信。

门口忽然传来一阵响动，她一个手抖——手机就这么砸在了自己的脸上。

"嗷……"

顾泽换好鞋子走进来，放下手中的盒饭，转眼就看见沙发上揉着鼻子、含着眼泪的安歌。

"你这是怎么……"

不等顾泽问完话，安歌直接就拽住了他的衣角："你微博上发的那是什么意思？你和公司说了吗？陆玖知道你这么回应吗？还、还有……还有，你为什么不和我商量一下？"

"没说，不知道，忘记商量了。"顾泽微微倾下身子，"至于第一个问题，那是什么意思……"他想了想，咽下几乎脱口而出的话，转而道，"现在的话，说不是也没人信，索性承认算了，也好过一直被狗仔盯，更何况现在你住在这儿，否认了，万一之后被发现了更加麻烦。热潮来自于不清不楚，一旦把事情揭开，大家不多久就不会关注了。简单有效直接，不是吗？"


## 2.

安歌被顾泽的回答给打败了，她不知道该做出什么回应，只是紧紧拽着手机，望着他。

她的微博页面上，赫然是顾泽那条才发十几分钟却立刻上了热搜的微博。

不短的一段话，配上图片，除了找理由交代清楚前因后果之外，最重要的一个信息，就是"承认恋情"。

其实安歌对这件事非常介意，但这份介意不是出自不满，也没有生气的成分。很奇怪，那是一种说不上来的感觉，就像……像是心脏被谁揪了一下，力道不大，但揪得她发麻，甚至麻到感觉不到什么别的东西，只能盯着那只揪她的手，没有意义却移不开眼睛，说不出话也做不出回应。

就那么盯着。

"在女主角不知道的情况下发出这样一条微博，你也不怕我否认，被打脸吗？"她好一会儿才移开视线，看起来有些别扭，"而且，你这样直接发出来，真的好吗？"

的确是有些冲动，也有很多不妥当的地方。

顾泽的身份这样特殊，他做事情向来都会仔细计划，也总能够把事情做得滴水不漏，甚至能够考虑到每一处细小的问题。在不和任何人商量的情况下选择"公布恋情"，这不像是他会做的事情。

然而，不只是安歌，连顾泽自己都觉得意外。

不问、不说、不商量，明知道这样做可能会让对方不快，可能会造成什么误会，他却还是做了，什么都没考虑。只记得，按下发送键的那一刻，他的心情有些奇怪，热热的，带着点点期待和紧张，像是校园里初初心动的毛头小子。

而至于对其他人该交代什么，这些想法，竟然只是一闪而过，没有深思。

分明，做什么事情都需要原因、需要考虑、需要理由、需要一而再再而三地计划，这才是顾泽……

是什么让他变得这样冲动了呢？

的确，在最开始的时候，他只是想和她合作而已，所以在郊区遇到危险的时候能够第一个想到她，能够在想到之后立刻叫她过来，帮他脱险。

可这种关系怎么会改变，是什么时候发生变化的？顾泽算了许久，就是算不清楚。因为在他发现的时候，已经离那个改变很远了。

现在的他，即便知道她的磁场能够化解对方所有能力，也不希望她会遇到半点意外。

他喜欢她，喜欢到想让所有人知道，却因为不确定她的心意，又不敢让她知道。

就是这样，才有了这么一出"公布恋情"，才有了他对她勉强的解释。

顾泽看起来很聪明，什么都会做，可事实上他很笨，连该怎么表达自己的心意这种事情都不知道。他没有追过人，没有喜欢过谁，没有半点经验，也想不到什么很好的方法。

于是，他选了这样一个不太正确的方式——试探。

迂回得不像他的风格。

毕竟，哪有人这样追女孩子的？


"你在干吗，为什么不说话？"

思绪从遥远的地方被扯了回来，顾泽若无其事地耸耸肩，选择性跳过话题："下周二开机仪式，拍摄新址选在很偏的一座山里。我们会先集中拍完那个场景的剧情再回影视城采景。"

安歌一愣："你和我讲这个干什么？"

"准备一下，我和李导说了，你和我一起去。"顾泽忍了忍，终于还是没忍住，撸了一把安歌的头发，"那天之后那个人再没有什么动作，我猜，他应该是在酝酿些什么事情，你一个人留下会有危险。"所以还是放在身边比较放心。

安歌似懂非懂地点点头，暂时忘记了之前的纠结。


顾泽深吸口气，对上安歌略带疑惑的眼睛。

"还有……"他瞥一眼她的手机，"没有征询你的意见就这么说，你是不是生气了？"

"嗯？"安歌抬起头，正巧捕捉到他眼里一闪而过的小心。

是她看错了吧？顾泽怎么会有这样的表情！

她一时没反应过来，但不久又摆摆手。

她笑了笑说："其实没有啦，只是有点意外，感觉你不像是这么冲动的人……"

在得到自己想要的答案之后，原本不安的心一下就平静了下来。

"这次是有些冲动。"顾泽截断她的话，挑眉，"但是感觉还不错。"

哎？

顾泽眉眼弯弯，笑望着她，眼睛里像是有光，只投向她一个人。

安歌微怔，刚刚……果然是她看花眼了？

她再次凝眸看去，眼前的人哪里还有半点小心翼翼的感觉？

分明是嘚瑟，并且，是相当的嘚瑟。

"对了，没吃饭吧？"顾泽把原本放在桌上的盒饭提过来，摸了摸，"还是热的，快点吃。"


**3.**

回到卧室，带上门，靠着墙壁，顾泽深深呼出口气。

其实那条微博是他出去买食物的时候犹豫了许久才发出去的，而发完之后，他在外面待了好一会儿才敢进门。说不清楚在期待或者担心什么，最后也不是想通了才走进门来，只是想起来自己给她买了饭，怕凉了。

口袋里的手机在这个时候振动起来。

顾泽掏出手机，在看见来电人姓名的时候，微微一顿。接通的那一瞬间，他把手机拿远了一点，过了好几秒，等到那边的咆哮声变小才把它贴近耳朵。

"你那个微博是什么意思？"

而贴近耳朵之后，他听见陆玖问的第一句话，就是这个。

顾泽说："我以为自己表达得很清楚来着。"

"你那个时候是怎么答应我的？绝对不影响工作，你到底还记不记得？"陆玖的声音很沉，"可现在呢？这叫不影响工作？你这只是轻轻松松发了一条微博，但你知道我这边多了多少事情吗？"

"对不起。"顾泽顿了顿，"的确是我没有考虑周到，也忘记要和你打声招呼，对于添出来的这些麻烦，我很抱歉。"

"抱歉就行了？"陆玖气极反笑，"顾泽，做出这样的回应，你到底是怎么想的？"

顾泽微微低着头，拿着手机，像是在发呆。

"我不知道。"他低低地说，"编辑完毕之后，我也想了很久，只是当我反应过来的时候，微博已经发出去了，那时候是有些懊恼，但我并不想删。"

电话那边一时沉默，许久才传过来一声轻笑。

"我知道你对很多东西都不在乎，之所以尽量不说，是因为我相信你有自己的思考，也足够理智。但是顾泽，这一次你真的有些过了，我不会一直这样容忍你。虽然能够理解你的想法，就算是我自己，也确实不喜欢圈子里许多东西，但既然做了这样一份职业，那么，请你以后再有什么动作之前，至少为它考虑一下，这是你的责任。"

陆玖很少会这样严肃地说话，这一次却是真的有些生气，这是他很重视的东西。

"好。"顾泽垂着眼睛，没有任何多余的话。

电话被陆玖挂断。

门被敲响，有规律的三声。

顾泽望一眼门口，按了按太阳穴，像是有些累。本来想开门，却在手指触到门把的时候顿了顿，然后，他转身朝着屋里走去。


**4.**

安歌在门外等了好一会儿，里边始终没有动静。

她握着手机有些紧张，刚刚想着会不会他今天太累已经睡着了，就听见把手轻转的声音。而下一秒，那个人就倚在了门口，稍稍低着头，摘下耳机，一副轻松的样子。

"我还以为是歌里在打节奏呢，结果真的是你在敲门啊。"顾泽随手把玩着耳机，"怎么了？"

安歌举起手机晃了晃，有些吞吐："你的评论区好像沦陷了。"

"猜到了。"

顾泽转身往屋里走去。

"我刚刚又想了一下，这样真的没关系吗？虽然不知道为什么，但越看那些评论我就越觉得不安……"

"那就不要看。"顾泽的声音有些沙哑，说完之后，他很是疲累似的倒在了床上。

安歌怔了怔，跟着走了过去。

"你说，不过对表演感兴趣，喜欢一件事情而已，明明和每个有爱好的人都差不多。"顾泽闭着眼睛，看似随意，"我一直觉得，演员就是份职业，表演就是种工作，仅此而已，但为什么在大家看来，这会是不同的？"

安歌静静听着，在他身边坐了下来。

"我一直把表演当成爱好，清楚自己的本职，知道我早晚有一天会离开，所以把一些东西看得很轻，没多留意。今天才发现这样给别人造成了多少困扰，挺过意不去的，但说出来又觉得矫情，没好意思说。"

顾泽睁开眼睛："可是，要顾忌这个，考虑那个，又是真的有些烦，不喜欢。人类的感情啊，真是复杂。"

安歌想起顾泽的习惯和行为，才发现，他好像是真的从来没有过自己是个公众人物的自觉。也许吧，就像他说的，在这之前，他从没有意识到这些那些，只想随性一些。

顾泽放空着眼神，望着天花板，而安歌就这样看着他，沉默许久。

她握紧了口袋里的石头，定了定神。

"你来这里六年了，一直都把心思放在抓那个人身上，偶尔也会有些焦虑吧？而且我记得你还说过，自己暂时回不去。"安歌试着站在他的角度分析。

她说："在某一方面感觉很累，在另外自己喜欢的事情上，就更希望能够轻松地过，所以不愿意考虑太多。这样看起来，难免有些任性，也会给人添麻烦，虽然不是你的本意，但做都做了，即便愧疚，也没什么可说，因为会觉得是在推卸。是这样吧？"

顾泽深深望着安歌的眼睛，好半晌才发出个单音。

"嗯。"

"嗯，客观来说，这是你的不对，但不能完全怪你。"安歌伸出手，摸摸他的头，"没有人可以在同一时间内，把每一件事情都处理完美的。"

这样刻意沉着语气说着话的安歌，看起来像是个装大人的孩子，虽然很多事情都不清楚，却也努力站在另一个角度安慰他，就算那些话没有完全戳在他的心上，但这样的她看起来却实在可爱。

他把目光移开了一瞬，当他再望向她的时候，原本的几分疲惫，在不知什么时候已经消失了。

他轻笑一声，把她的手从自己的头上拿下来。

"你这个动作，像是在摸狗头。"

在把她的手拿下来之后，顾泽顺势便扣住了她的手指。

安歌像是被吓到了，低下头，就在对上他视线的那一刻，她也隐约在里边看出些许温情。这一瞬间，她感觉自己的心脏都差点停止跳动，整个人莫名发慌。

"哎，你渴不渴啊？"安歌打着哈哈准备把手抽出来，却没想到，顾泽像是看穿了她的企图，又握紧了一些，她没能抽得动。

顾泽看见她不自觉闪躲的眼神，忽然发现，有时候，其实她很笨，笨到让人一看见就想笑，就想放松下来。

安歌觉得气氛有些奇怪，弄得她莫名地紧张，紧张到想逃出去。

"好像是有一些。"顾泽突然开口。

安歌一时没听清："什么有一些？"

她眉头很轻地皱着，微微嘟着嘴唇，动作也忘记了。她就那么看着他，像是真的很疑惑。

他的视线从她的眼睛下移，最后停在了她的嘴唇上。他的眸色在这一瞬间骤然加深，手上的力道也变重了些。

"有些渴。"


安歌还没来得及接些什么话，眼前忽然一阵旋转，就这么一眨眼的工夫，她已经躺在了某人的臂弯里。

那一双熟悉的眼，噙着星星点点的光亮和笑意，叫人看得几乎要沉溺进去。

"好累啊……"他下巴轻轻抵在安歌的额头上，带着鼻音哼了哼，撒娇一样，"真的好累啊。"

原本打算推开他，但就在他的声音传进她耳朵之后，她又停住了动作。虽然不知道他怎么了，但看起来，他像是真的发生了些什么事情。

平时，他不会这样的。

"你……"安歌组织了一下语言，面对这样忽然柔软下来的顾泽，她有些无措，"我能为你做些什么吗？"

听到这句话之后，顾泽心底一暖，将她扯到自己的怀里抱着。

他嘴角一弯，在她看不见的地方露出一个极深的笑，声音却委屈：

"嗯，觉得很累，忽然想抱着点什么东西……所以借我用用吧。"

借……

"我？"安歌一脸错愕。

"嗯，借一下。"


蜷在顾泽的怀里，安歌的脸变得通红，烫得厉害。

屋子里很安静，只有两颗心脏跳动的声音重叠在一起，一下一下击在那层脆弱单薄的纸张上，像是要把它捅破，把所有被隔在纸后的感情都放出来。

# 十二
/ 腹黑属性启动中 /

**1.**

跟在剧组的大巴车后，顾泽握着方向盘，原本没有半点表情，却在不期然对上后视镜里一双偷瞄自己的眼睛时，扬起一个短促的笑。

这个笑来得突然，去得也快，一闪就不见了。安歌因为刚才那个对视而无端心慌，匆匆忙忙移开视线，所以没有看见，但副驾驶座上的陆玖却是恰好捕捉到。

然而，他只是转向半开的车窗，看着自己被风打在脸上的刘海，稍微凌乱了一下，什么也没有说……

话说，这平白无故冒出来的粉红泡泡是他的幻觉吧？

无意识地把车窗开开关关，后座上，安歌身边的陶尔琢忽然打出一个喷嚏，把神游的陆玖唤回现实。

"受凉了？"这么问着，陆玖顺手关上车窗。

陶尔琢揉揉鼻子，还没回话，顾泽却忽然开口："你座位后有毯子，盖一下。"

说完之后，顾泽再次按开了小半的窗户，并且锁定了车窗。

于是，发现自己关不了窗户之后，陆玖一懵："干吗这么麻烦，直接关了不就好了？"

"这是我的车。"顾泽说得简洁，陆玖却隐约读到他没说出来的话——谁叫你们来蹭的？

这时候，陶尔琢又冒出来一个喷嚏。

安歌见状连忙递过去一张纸巾："不然把窗户关上吧？"

顾泽往后瞥了一眼："不是晕车吗？刚刚没吐够？"

像是忽然明白了什么，陆玖停顿了一下，转头眯了眼睛。

"你是因为这样，所以不关窗子？"

"不全是。"顾泽专心开车，"主要是不爽你们蹭车。"

欠扁又直接的一句话，气得陆玖差点抢方向盘，还是陶尔琢披上毛毯摆摆手说没关系，这才让陆玖安静下来。

安歌在这一片混乱中似乎意识到什么，又瞥了顾泽一眼，随后低下头，在后座上默默玩车把手不说话。


说起来，自从那天在顾泽怀里醒来之后，安歌就一直躲他躲得很厉害。她一直以为这样鸵鸟的性格不该出现在自己身上，现在才知道，那是以前没有遇到过让她不知道怎么面对的人和事。

恍惚间又回到那个早晨，安歌在手臂失去知觉的时刻迷迷糊糊醒来，也许是当时的大脑还处在睡眠状态下，运转得不灵活，在她想伸懒腰却动不了手的那一刻，她一惊，以为自己的手废了。

那时候的她眼睛都还没睁开就要这么弹起来，却不想被禁锢住了，什么都做不了。

也是那时候，她才发现，自己被谁抱在怀里。

她睁开眼睛，正巧也看见他睁开眼睛。

"早啊。"刚刚睡醒的人缓缓开口，带着些腔音。

简单的两个字在这一瞬间化成鼓槌狠狠击中了她。

"早、早啊……"

安歌的脑子恢复运转，她想起了前一晚的事情，想通之后她刚想安慰自己这只是个意外，不是什么大事，不用太放在心上，下一秒，额头上就落下个吻。

也许只是他一低头碰到的吧？不然，不会那么快移开……

安歌想问，但心底各种矛盾纠结，一句话都不敢说。

啊，最近这些日子，她变得越来越不像自己了。

那种感觉，太奇怪了！


想到这里，安歌摸了摸额头，耳朵尖尖慢慢红了起来。

这时，旁边的陶尔琢转头，是毫不知情的无辜模样。

"你怎么了？是不是哪里不舒服？看你刚刚摸额头，而且脸也红得厉害。"

"没有啊！"安歌矢口否认，很快又低了声音，掩饰似的，"我、我就是随便红着玩的。"

前座的顾泽轻笑出声："红着玩？不是真的着凉了吧，要不要把窗子开小一点？"

闻言，陆玖一脸见鬼的表情，而顾泽选择性无视。

"呃，好啊。"安歌讷讷道。

下一刻，顾泽就将安歌这边的窗户关得只剩一条缝，而陆玖和陶尔琢那一边的窗户却动也没动。

陆玖已经看得连脾气都没有了，只是黑着脸戳了一下顾泽的肩膀，指了指自己被强大如吹风机一般的凛冽冷风塑形成大背头的刘海，又指了指窗户。

顾泽瞟他一眼，简洁道："通风。"

陆玖 & 陶尔琢："……"

"不满意就下车。"

陆玖听见这句话，要气炸了。

"行，你的车，你说了算。"良久，陆玖深吸一口气。

听见这番对话之后，研究着车把手的安歌扣它扣得更起劲了，小小的脑袋埋得极低，简直都要贴上去。


## 2.

虽然对于顾泽擅自处理绯闻的那件事情很是不满，也经常被他什么都不在意的行为气到抓狂，但就算这样，他们到底认识了这么多年。也许可以这么说，顾泽来了这个世界多久，就和陆玖认识了多久。或许会有摩擦，但他们之间的友谊却也是绝对存在的。

大概就是因为太熟太了解彼此，所以相处得才更加随意，随意得让安歌时时担心，害怕下一刻他们就会打起来。

陆玖认命地安静下来之后，顾泽往后视镜里望一眼一直低着头玩车把手的安歌，再度浅笑，只是，收回目光之余，在他看见一前一后两个人的时候，又淡掉了笑意。

顾泽或许在某些方面很是迟钝，对感情也毫无经验，所以，在初初察觉到自己对她的感觉不对劲的时候，所做所想都笨拙得厉害，但他不是个胆怯的人。好不容易才认清楚自己的心意，摸清楚她的脾气，把一切规整清理完毕，现在，他想的是留下她。

未来尚不可知，他也不晓得这桩事情处理完，组织又会怎么安排自己，但这是他喜欢上的第一个人。既然喜欢，当然需要争取，也当然会希望能多和她在一起。

然而……这两个电灯泡，实在是太刺眼了一点。

顾泽几乎把不满写在了脸上。

可就在下一刻，那份不满随着一个喷嚏瞬间被崩掉。顾泽随手扯过几张纸捂住鼻子，身边的人夸张地笑了几声。

顾泽恍若未闻，冷漠脸。


开始，安歌因为不知道该怎么面对顾泽，所以想坐剧组的大巴车。

只是没想到，大巴车不透气又颠簸得厉害，害得她晕车晕得难受，好不容易到达休息站，她也一直在大吐特吐，也就是在她最难受的那个时候，顾泽走到她的面前，一句"你怎么样"刚刚出口，就被组里的人看见了。

大家都在这个圈子里，没几个人是不关注热点的，这样的话，自然也就清楚这些天闹出的那些事情。

所以，安歌在没有力气解释的情况下，被大家非常"有爱"地在那个休息站安慰许久，并将她送到了顾泽车上，每个人脸上都带着谜之微笑，感觉自己在做的是好人好事。

顾泽从来没有叫司机的习惯，也不娇气，去哪儿都是自己开车，甚至连个助理都没有，就算出门在外，也只带着一个经纪人。安歌从前看新闻的时候，觉得这样的演员真是难得、真是可爱、真是亲切……现在却发现，这样真是糟糕。

没有司机的意思就是车上这密闭的小空间里，只有他们俩，没有外人的话，她实在会不自在。

虽然这是她曾经幻想过的事情，但现在真的发生了，她却只觉得尴尬想逃。

现在的安歌，脑子整个都是混乱的，像是糅杂在一起的五谷面团，分不清哪一块里有些什么东西，并且还被加多了水，稀烂一片。

可是不能表现出来啊……

这样想着，在坐上车的那一刻，她连晕厥过去的心都有。还好陶尔琢带着陆玖颠颠地跑过来也要蹭车，这才稍微缓解了一点她的尴尬。

一边开着暖气，一边开着窗户，后座上的人并不觉得什么，可坐在前面的顾泽和陆玖却是感觉很不好的。头上是热风，一个劲往脑袋上喷，两边是冷风，带着寒气直直扑过来，这样实在叫人吃不消。

陆玖伸手探了一下后座的温度和风力，感觉正好之后，便也没有多说什么，只是跟着顾泽挨着这样的冷热交替。

车子在高速上稳稳地行驶，后面的两个人睡成一团。

"今天起这么早，你不用睡一下吗？"顾泽目不斜视地开着车，顺口问了一句。

陆玖环着手臂："不用，你以为我这个经纪人这么多年是白当的？哪会这么容易困。"

"很好。"顾泽点头，"那下个休息站你替我，我坐后面睡一下。"

陆玖："……"为什么感觉自己被套路了？还有，"你坐后面，谁坐前面来？"

"安歌不太舒服，让她继续睡，不用叫她了，把陶尔琢放前面来就行。"顾泽想了想，做了一点妥协，"可以把他那边的窗户关上。"

"你打算得还挺好的？"陆玖笑了一声，接着回头，不知道是在看谁，"说起来，我想了很久，你那么冲动发什么声明，又一再和我唱反调让我别管……该不会……"

陆玖拖着语尾，没把话问完全。

顾泽却是淡定地接了一声："嗯。"

陆玖一时不知道该回什么，于是靠上椅背，顺手打开储物盒，本来想翻翻有没有吃的，却不想在里边翻出一张合照。

陆玖拿着照片有些愣怔，顾泽看了他一眼，没有解释。

照片上的两个人看起来很是和谐，女孩眉眼弯弯，在她身侧的，是浅浅扬唇的顾泽。拍立得的像素和色彩不是很好，可就算这样，还是能看见他们眼底的光。

陆玖细细看了照片许久，眉尾微微一挑。

"这什么时候的？拍得还不错。"

顾泽瞟了一眼照片，忽然变得温柔了些，却是笑而不语。

他不回话，陆玖也没在意，只是顺手把它夹在了车窗前："可是……看起来，人家不知道啊。或者是知道却不能接受你？"

顾泽微顿："是你猜的第一种。"

没有料想到他承认得这么直接，陆玖默了会儿："你不像是这种有话不明说的人。"

"也许在别的方面和这一方面是不一样的。"顾泽淡定地打方向盘，跟着大巴拐了个弯，"就像你，你喜欢一个人，就知道该怎么说吗？"

陆玖垂下眼睛，眼神有些复杂。

"我和你的情况不一样。"

"是不太一样，但我现在面临着的东西并不简单。而且，她对我好像也只是单纯追星的那种喜欢，我稍微有些什么动作，她就想逃。"顾泽说着，握着方向盘的手指紧了紧，"等再过一阵子，她比较能够接受我了，我再说。"

行驶在山路上，车外是连绵的山河，在灰白的迷雾里，如画一般，可是陆玖的眼神空散，毫无焦点。

"随你吧。"陆玖轻叹，"反正麻烦你已经惹了，嗯，既然惹都惹了，总不能白惹。你最好是惹得值得，能拐回来一个媳妇，别造出个烂摊子还什么都得不到，那才真的是划不来。"陆玖看见前边不远处一个收费站，"下面该换位子了吧？"

"嗯。"

"行，这件事情我就算你提前和我说了，万一有什么事，我也有个底。"陆玖瘫在座椅上，调整了一下后视镜，对上一张极熟的睡脸，微微笑笑，"祝你成功。"

顾泽减慢车速转入休息站，瞥了一眼陶尔琢。

"谢谢。"


## 3.

在某块草地上醒来，她揉揉眼睛。

水色山光接连出现在眼前，湖面上氤氲着雾气，雾气下边的水波却粼粼反射着阳光，一下一下涌来，带着些微暖意，将岸边的泥土都染得亮闪闪的。鸟雀飞来，有风吹过。她歪歪头，刚刚准备往前走，不料，却看见了风里破碎的黑影——

原来美好的景色在这一刻化作飞灰，被吹散在身后，刚刚还是朗朗晴空，转眼却成了漆黑一片。她心下一惊，喉头却被一只无形的手扼住，哪怕用尽力气也发不出半点声音，只能挣扎着干咳几声。

她满心惶恐却动弹不得，只能站在原地，等着一个人过来找她。

……

"安歌？"

呼唤的声音有些空旷，辨不清楚来源方向，它像是被风从四面八方带来的，又像是虚妄的幻听，只响在她的心里。

"安歌，你怎么了？"

有人一次次唤着她，声音也一次次较之前更加清晰。

可是没用啊，那些黑影还是在靠近她，一点点、一步步，它们听不见这个声音。

……

"你做噩梦了吗？"

肩膀被轻晃了一下，她下意识地抓住。

再次睁开眼的时候，什么黑影、什么阳光，都不见了，安歌只看见顾泽眼底带着淡淡的关切，而她正枕在他的腿上。她一只手抓着他的手，眼睛有些疼，头也很重，像是刚刚睡醒。


原来是梦啊……

不过真好，梦里听见的那个声音，醒来就看见了它的主人。

安歌本来想再眯一会儿，但瞬间，她反应过来，直直地坐起身子，与顾泽拉开一小段距离。

"咳咳，我刚刚睡着了？"

"嗯，而且好像还梦到什么不好的事情。"顾泽收回手，"虽然不知道怎么了，但是刚才，你一个劲地喊我名字。"

安歌一愣，自己喊出来了？

惊讶之余，她对上他的目光，在差点沉溺进去的前一刻移开了眼睛，再也不敢看他，却一不小心瞄到了驾驶座前摆着的那张照片。

"你还留着它啊？"她的声音里带着一点点的小雀跃，像是很意外。

顾泽点点头："嗯，当然要留着，拍得挺不错的。"

安歌的注意力完全被照片吸引了去，下意识跟着顾泽的话点头，表示同意。是拍得挺不错的，只是顾泽本人比照片还要更好看一些。

不过想一想，真是有点奇妙。那时候拍这张照片，顾泽还是她的男神来着，现在却不一样了，现在的他不只是她的男神，还是……

等等，现在哪儿不一样了？还是什么？

被自己绕进一个怪圈，安歌猛地回过神来。与此同时，闪过她脑海的，还有他曾经说过的话。

他说，他早晚是要走的，所以才会把很多东西看得很淡，不怎么放在心上。

她一直要自己忽略它，不去想。只是，不提却不表示她不在意……是啊，事实上，她真的很在意，也很想找他问清楚。

可她有什么立场去问呢？

"你做噩梦的时候，叫了我的名字，但你的声音很小，像是压在喉咙里的。"顾泽凑近了安歌一些，笑得有些痞气，"如果以后你真的遇到什么觉得害怕，要叫我的名字，声音可以大一点，不然我怕自己听不见。"

"那你听见了就会过来吗？"安歌鬼使神差地问了出来。

顾泽微微想了想："会，不论你在哪里，只要你叫我，我就会过来。"

在这一刻，安歌终于看清楚自己心里那份隐隐的不安，也终于知道了，自己为什么会在那一晚之后，开始逃避他。不是不自在，也不是尴尬，只是害怕。

她害怕与他过度的亲近，害怕亲近过后的别离。

更不敢想，他真的走了，她该怎么办。

前面开着车的陆玖随意瞥了一眼后视镜，接着满脸嫌弃地移开了视线。

不知道为什么，他忽然有一种在开车的不是自己的感觉，后座上的某个人，看起来真的是个老司机，一言不合就开撩。

陆玖在心底默默吐槽着，突然，前面蹿出个什么东西，动作极快，只留下黑色的一道影子，他下意识地急踩刹车，整辆车一晃。

顾泽立刻探过身子查看路况，问道："怎么了？"

已经反应过来、重新踩下油门的陆玖想了想，答得理所应当："没什么，山区里总会有些动物嘛，那会儿不知道蹿过去一只什么动物，我给躲开了，没撞上，它逃了。"

"是这样吗？"也不知道是被吓着还是怎么了，安歌的心里总有些不安。

"就是这样啊，别担心，九哥开车还是很稳的。"陆玖笑笑，"而且前边就到了，不远了，你信我啊！"

安歌迟疑着点点头，没有注意到身边忽然沉默下来的顾泽，还有副驾驶上，从上车起就一直昏睡着的陶尔琢。

**4.**

这里是非景观性的小山区，比之原先的选址更加偏僻，虽然不至于看不到人，但这是一个连手机信号都只有一半的地方，还真不能对它有什么指望。

不过还好，顾泽吃得了苦，身体素质也还不错。他随意打量了周遭一圈，比起一些在抱怨着的工作人员，身为导演之外最大牌的主演，他看起来倒是随遇而安。

和顾泽不同，经过山路的颠簸，安歌的脸色变得纸般苍白，一副"整个人都不好了"的样子。

顾泽一手拖着行李，一手牵着还没有从晕车的劲儿里缓过来的安歌，跟着组里的人往前走。安歌乖顺地任顾泽牵着自己，小步跟在后边，顾泽却没有发现安歌对他态度的变化。

顾泽不动声色碾了脚下的一块碎石，却并没有踏出什么黑影雾气，可就算这样，依然紧皱着眉头。不知道为什么，越往前走，他越觉得这个地方有哪里不对。

突然，安歌被石子绊了一下，一个踉跄就要栽下去。顾泽一惊，下意识把人拉近自己。

"你没事吧？"

安歌的脚步有些虚浮，虽然说晕车不是什么大事，但晕起来也是真的难受。

安歌从喉咙里挤出一个单音作为回应。

顾泽微微俯下身子："我背你？"

"不、不用了。"安歌吓了一跳，连连摆手，"晕车的话，胃会不太舒服，被背会压着胃，不会好多少的。"

见他似懂非懂地点点头，安歌舒了一口气。

不料，下一刻他就抓了她的手臂环在自己的脖颈上，左手揽住她的腰，右手绕下她的膝弯，稍一弯身就将她抱了起来。

他们身后传来几声倒吸气的声音，顾泽却像是屏蔽了外边的所有讯号，不管不顾。

"这样不会压着胃了吧？"他低着眼睛，扬起一个笑，直直望向怀里的她。

陆玖走过来，故意不看他们，搭着陶尔琢的肩膀："哎呀，你看这天还亮着，但我怎么好像看到了不该是白天出现的画面呢？真是辣眼睛。"

陶尔琢一脸单纯："什么画面？"

陆玖飞去一个斜眼送给顾泽，回答陶尔琢："大庭广众下搂搂抱抱，你说什么画面？"

"这样啊……"陶尔琢显然没弄明白，"可是为什么会辣眼睛？"

陆玖被这句话噎了一下，纠结了好一会儿，终于没忍住敲了敲他的头："小孩子家家的，不要问这么多！"

顾泽含笑望向陆玖，接着又以满意的眼神瞟了一眼陶尔琢："小孩子家家的，你就和人家说这些，还和人家这么接近，也不怕带坏了他。"

安歌在顾泽怀里挣了一下，像是要下来，顾泽抱着她的手却更紧了一点。

"我没手拿箱子了，大经纪人帮个忙吧。"

陆玖很小人地笑了，拦住老老实实准备去提箱子的陶尔琢，满脸的刁难。

"大经纪人又不是助理，为什么要帮你搬行李？"

"因为……"

在这时候，安歌又想趁机下来，然而顾泽低头望她，眸色幽深，随即轻轻掐了一把她的腰作为警告。安歌脸上一红，不敢再动……虽然这样真的有点尴尬。

陆玖再次翻出了个白眼："因为什么？"

"因为，我最近有点无聊，很怕一个不小心说出些什么，带坏小孩子。"

陆玖一愣，这是在威胁他？！

与顾泽对视了好一阵，权衡许久，陆玖在眼前人和身边人之间不动声色地扫了一个来回，最终深深呼出口气。

陆玖扯出个笑："你们好好休息，先去住的地方，我等会儿就把行李送到你们房间。"

"辛苦九哥了。"顾泽若有深意地笑笑，"不会让你白帮我的。"

说完，他提步就走，速度很快，不一会儿就超过了组里大多数人，丝毫不顾被抛在身后的那两个。


一路上都把头埋在顾泽的肩颈处装鸵鸟的安歌，等到终于到了住处被放下来的时候，想起路上那些奇奇怪怪的目光，忍不住拉了拉他的衣角："我们是不是被脑补了什么？"

宾馆的大厅里，顾泽不知道在和服务生商量些什么，声音很小。而等到说完之后，他低头看一眼拉住自己衣角的那只手。

"反正现在大家都知道我们的'关系'，被脑补也不是什么大事。"

他瞟了眼终于到达门口、提着大包小包满头大汗的陆玖，更加轻松地对安歌说："或者就算有什么也没关系，相信我的经纪人，他很专业，会解决的。"

这边陆玖刚刚进门就听见这句话，满肚子的"你又惹了什么麻烦，你是不是在逗我"化作血气直直涌上头顶。

顾泽轻描淡写地对陶尔琢说了一句："我们拿到的是最后两间单人房，所以可能要委屈师弟和九哥一间了。"说着，他递给他们一把钥匙，"你们的房间好像在四楼，房号钥匙上有写。"

陶尔琢乖乖接过，一脸被卖了还不知道的纯良。

"谢谢师兄。"

陆玖满脸懵圈地望向顾泽："Excuse me？"

"你不是帮我搬了行李吗？"顾泽凑近陆玖，拍了拍他的肩膀，"九哥辛苦了，好好休息吧。"

陆玖："……"


## 5.

路上舟车劳顿，加上一些琐事，当他们回到房间安顿好，已经是晚上了。

晕车很难受，也非常累，于是，安歌进屋洗完身上的灰尘之后，就开始睡，连东西都没有收拾。

可是，还没睡多久，房门被敲响，很规律的三下接着三下。也不知道敲了多久，直到把她吵醒。

她揉着头发趿着拖鞋，朝门口走去。

"谁啊？"

"我。"

门外响起的声音十分熟悉。

安歌一下子睡意去了一半。她吞了下口水，不自觉地有些紧张。

"这么晚了，你有什么事吗？"隔着门板，安歌问道，"我有点困了，如果没事的话……"

"K-HI。"顾泽压低了声音。

安歌一惊，一下子拧开了门把手。

眼前的人眉头微皱，还带着些倦色，很明显是没有休息过。

"我在这里发现了那个人的气息。"

"那个人？"

顾泽走进来。

安歌立刻关上门，回头："他在这儿？"

睡意被丢去了九霄云外，此时的安歌分外清醒，也许是因为家人，也许是因为那个秘密，再或者，是有些许的担忧和来时直觉里那份不好的预感混在了一起。

她总觉得，好像要出什么事。


可就在这样严肃的时刻，顾泽却伸手摸了摸她的头发。

"你刚刚在睡觉？"

没跟上他的思路，安歌愣愣点头："是在睡。"

顾泽满脸不满，连声音里都带上几分嫌弃："头发还是湿的，也不吹干就睡，不知道这样很容易生病吗？"

"还、还好吧，有点累……"安歌莫名心虚，但还没虚多久，又想起了正事，"所以你刚才的意思是那个人在这里吗？"

"嗯。"他一边应着，一边走进浴室拿了毛巾出来，神态自然，眼睛却直直盯着一个地方，"坐下来，我给你擦一擦。"

顺着他的视线往身上看了一眼，也就是这一眼，安歌立马抱胸转身，背对顾泽。

"你、你……"

身后的人拿着毛巾轻轻擦拭着她的头发。

"我怎么了？"

安歌将视线从自己被水浸湿、变得半透明的睡衣上收回来，语气有些闷闷的，也不知道是羞是恼。

"没什么。"接着，她随手抓起一件薄外套就往身上披，急急转移话题，"你刚刚说那个人怎么了？"

站在安歌身后的人像是有些恍惚，视线流连在半湿的长发下那一小截细白的脖颈上，有水滴在那里，继而往衣服里滑落下去，他顺着往下看去，却不想眼前的人因为等不到回应而转过头来。

"怎么说到一半不说了？那个人到底怎么了？"

视线猝不及防地从那颗水滴落下的地方转到她一张一合的嘴唇。她的唇色很浅，像极了飘落下来的桃色花瓣。顾泽的喉头上下滚动了一下，伸出手去，原本想扶她的脸，然而在做出这个动作的那一刻，他忽然反应过来，于是右手在半空中硬生生转了个弯，按住她的头。

等了许久，安歌也没有等到答案，她蹙眉，回头，却只看见顾泽放空的表情，以及那忽然暗了一下的眸色。

风吹草动，空旷的原野上低低伏着的幼兔，不远处眯着眼睛伺机待发的野狼。

本能地感觉到危险，她咽了下口水，刚准备起身后退，顾泽收了毛巾空出一只手，若无其事地按住她的头。

"别乱动，万一扯痛了你头发怎么办？"

他的声音自身后传来，很轻，是一个没什么感情的陈述句，也听不出半分情绪。

安歌松了口气，刚刚悬起来的心终于放下。她抠了抠脸，觉得脑子又被搅得一片混沌，也因此忽略了心底某个地方生出来的那一丢丢的失落。

而在她的身后，顾泽边给她擦着头发边说出自己的发现，顺便在她不注意的情况下继续看着她。

安歌的皮肤很细腻，尤其是后颈，看起来又白又软，还带着极浅的粉色，面团一样，让人忍不住想捏一捏。

这么想着，他不自觉地便伸出手去，将想法付诸行动。

安歌原本还在认真听着，脖子后边却忽然一痒，满脸惊愕地回头。

温软的触感还留在指尖，顾泽背过手去捻了捻手指，在看见眼前受惊的女孩时，唇边浮现一抹笑意。

安歌像是被电着了："你干什么？"

"别动，有水落在上边了。"他压下嘴角，说得一本正经。

"是、是吗……"安歌缩了缩脖子，擦了这么久的头发还会滴水吗？还有——"你为什么不用毛巾擦？"

## 6.

毛巾？嗯，这话没法接。

顾泽沉默了一下，决定装没听见。

"虽然你的磁场可以化解他们的能量，但那个人能够在 K-HI 当一个领导，甚至瞒过所有人打破时空隔阂，他的能力一定不止被我们看见的这些。虽然你能够化解异能，可是，不用异能对你造成伤害的方法也是很多的。"顾泽顿了顿，"我想了很久，然而不论怎么想，你都还是很危险的。"

安歌沉默下来，微微垂着眼睫。

顾泽继续道："上次在你家，我虽然不记得发生了些什么事情，但看来他已经注意到你了。我在想，或许他会在这个地方对你动手。"他皱了眉头，"这个地方实在奇怪，我能感觉到能量波动，却感觉不到他的气息。刚刚查了一下，才发现这里不远处的山脚下有一块巨型磁石，它对别的没有影响，却能够干扰我的感应力。"

敏感地从他的话里捕捉到事情的重点，安歌猛地抬起头："你的意思是，原定的拍摄地点忽然发生意外，剧组会来到这个地方，都不是偶然，是他把我们引来的？"

顾泽点头："我怀疑，那个人就藏在剧组里。"

安歌倒吸了一口冷气。

"如果真是这样的话，他花了这么大的力气，把我们引到这里……"顾泽稍稍弯了身子，"我怀疑，他是要在这里动手。"

"动手？你是说，他想……"她用手比刀在脖子上划了一下。

顾泽点头确定了她的想法。

安歌略作思考："可你是男主角，这个地方又不大，大家每天在一起，剧组这么多人，他不能做到天衣无缝，不被发现吧？"

顾泽露出一个浅笑："我不怀疑他的能力，但既然现在我已经有所防备，那么，他要再做什么，也就不是那么容易的事情了。"说完，他又低下眼睛，"我现在担心的，是你。"

"我？"安歌懵了一下，很快反应过来，"对啊，你刚刚才说的，说不定他是想从我身上下手……"想了许久都没有想出解决方案，她看起来有些苦恼，"那该怎么办？"

"不要离开我。"

来得突然而又满带歧义的一句话，像是一颗空投炸弹，"嘭"的一声，在安歌的脑袋里炸出来一个坑。而在那个坑的周围，是被炸弹炸出的火光，一阵一阵，烧到了她的脸上。

"你在说什么，什么不要离开啊……"

顾泽一副正经的样子："我的意思是，从现在起，不要离开我身边半步。虽然我无法记起那天的状况，但我隐约觉得，那天我好像看见了两个你……"

"什么两个我？"安歌疑惑不解。

顾泽想了想，解释道："我是说，刚刚在房间，我试着冲入自己的潜意识，却发现那里有个区域被封住，我没有办法调出那天的记忆。可是，在抢救出来的碎片里，我好像看见了两个你，不是幻觉也不是重影，是真正的两个你。"

两个我？安歌一愣，有些不可置信。

然而，顾泽却在前边的对话里捡到了什么信息："所以，你刚刚是为什么害羞？"

"我……"安歌语塞，"我没有啊，对了，你们那里的人都能随便变成别人的样子吗？就像你，我记得，你也可以变成另外一个样子来着……"

"不，能随便变成什么样子，那是孙悟空。要说起来，其实我是个例外。我天生就有两张脸，只是一张是显性，一张是隐性而已。"顾泽略微停顿，"要说是谁变成了你的样子，我觉得很玄，但更多的东西我实在想不起，也没有办法做些什么推断。"

安歌坐在椅子上微微仰头看他，半干的头发被揉得有些乱，眼睛像是被洗过一样，清澈透亮，偏生因为没有休息好的缘故，眼角又带着点红。不得不移开视线的顾泽忽然有些无力，自从发现自己的心意之后，就好像失去了某些方面的控制力。

再这样下去，他可能没有办法严肃地和她讨论正经事了。

安歌觉得莫名，今晚的顾泽好奇怪啊，总是说到一半就停下。

她伸手在他眼前挥一挥："回神了！"

顾泽醒过神："你没听明白吗？我以为我已经把重点表达得很清楚了。"

"什么？"

"重点就是，你现在不能离开我的视线。"

安歌点点头："然后呢？"

顾泽故意带着坏笑朝她凑近了一些："所以，是你去我的房间，还是我留在这里？"

面对步步逼近的野狼，幼兔颤了一下，躲避的天性使它警觉地往后缩了缩。

安歌眼神闪躲了几下，往旁边移了一下，和顾泽拉开距离。

她干笑几声想用玩笑缓解尴尬："这话说得，不知道的人，还以为你是想占我便宜呢……"

"嗯？"顾泽的尾音微挑，带着些说不出的味道，"这一次不是。"

听见这句话，安歌明显地一怔。

这一次不是……所以之前哪一次是？！

# 十三

/ 何去何来风流骨 /

**1.**

道具布景早在大家到来之前就做好了前期工作，这里是临时预约的地方，拍摄时间也因为前期种种原因被缩短，所以大家的行程都变得很赶。

下午两点整，便是开机仪式之后，第一场戏的拍摄时间。

吃完午饭坐了一会儿，在大家都在抓紧时间午休的时候，陆玖却因为吃得太撑，决定出来走走消消食，而这也成了他这一天里所犯下的最大的错误。

他和陶尔琢住在四楼，而安歌和顾泽的房间在三楼，这里的电梯有些老旧，好在楼层不高，所以大家都是走楼梯上下楼。而陆玖也就是在下楼的时候，看见提着行李往安歌的房间走、脸上带着微妙笑意的顾泽。

陆玖有那么片刻的石化……昨天来的时候，顾泽是怎么说的来着？是不是说要等她有准备了再去告白？这怎么好像直接越过了那一步快进到后边了呢？

这时候，安歌回过身去，却一个不小心崴了脚，顾泽下意识丢了行李揽住她的腰……如果没看错的话，在安歌被那一扯撞上他胸膛的时候，顾泽是不是顺便亲了一下她的脸颊来着？

眼前的画面如同火花，点燃了些什么东西，陆玖只觉得整个人都炸了，大概是炸在雨后的山脚，因为震动而引发了泥石流，弄得脑子里一片混乱。嗯，一堂关于如何去"撩"的公开课，真是教科书式的教学过程。

他晃了晃脑袋，把这些乱七八糟的想法晃出去。

陆玖把结论定在密集如同弹幕一样的脑子里闪过的最后一句话上——比起顾泽，他还是太年轻了。


安歌飞快地从顾泽的怀里挣脱出来，不好意思地歪了歪头。在这个动作之后，她的耳边有些碎发掉了下来，而刚刚捡起行李的顾泽见状，自然而然把东西全部腾到了一只手上，接着，极其顺手地为她理顺了头发。

嗯，哦，呵呵。

真是欺狗太甚。

陆玖默默在心里吐槽。

短暂的几秒钟之后，顾泽发现了陆玖。

顾泽的眼神里带着警告，而陆玖无声地扯出个笑，还挑了挑眉，感觉特别硬气。然而，差不多是一秒之后吧，陆玖却打出个寒战，然后踮着脚离开了楼梯间，没有发出半点响动……

根据对顾泽的了解，他露出那样的笑十分可怕。陆玖想着，心底有些麻麻的，然而不久又挺了挺胸膛。

这绝对不是因为顾泽眼睛里的杀气，而是身为兄弟，自己比较够义气。

嗯，就是这样。


回到房间里，陆玖带上房门，刚一进去就看见被滚得凌乱的床。没有盖被子也没有换衣服，陶尔琢睡得很熟，露了一小截白白软软的腰在外边。

陆玖一阵无奈，抓了被子就往他身上盖。

果然还是个孩子，连照顾自己都不会，睡觉都不老实。

"还好你和我分到一间房，不然早被冻病了。"陆玖念着，坐在另一边自己的床上望着陶尔琢发呆，"这就是来自前辈的关怀。"

陶尔琢却无知觉地翻了个身背对着陆玖，他的眉头不受控制地动了动，面上似有一闪而过的不耐。

与此同时，在陆玖的身后，有一道黑影闪过，顺着窗缝直直钻了进来，而在进来的那一刻，它化成雾气散在了空气里，最终变成屋内的一部分。


## 2.

开机时间很快就到了，安歌跟着顾泽来得很早。

虽然知道这里或许存在危险，但第一次真正看到拍摄场景，她还是不自觉地感到有些新鲜和兴奋。

在顾泽做造型的时候，安歌坐在外边的长椅上拿着手机刷新闻热点，一个不小心就刷到了这部电影的新闻。

新闻首页大图是顾泽的定妆照，一张墨发束冠，半侧着身子，一脸的云淡风轻；一张于身后半束长发，散了两缕发在前边，玄衣黑眸，眼底几分嘲讽。

不得不说，顾泽真是一个很有天赋的演员。不用动作台词，单单是表情和眼神就能够把人物的特性带出来。

接着，一刷评论，果然有大批迷妹在下边犯花痴，那狂热的爱意几乎透过屏幕喷薄出来。分明是一周前放出来的新闻，可底下的最新留言时间却排着许多个"一秒前"。

安歌抿了一下嘴唇，看来他的人气并没有因为有了女朋友就减淡嘛。

嗯……女朋友……

原本皱着的眉头舒展开来，眼底浮现出丝丝笑意，但像是不好意思，很快又被她压了回去。可面上的表情能够控制，心底那淡淡的甜几要涌出来。

虽然不是真的，但就算这样，只要一想到这件事情，还是让人觉得开心满足。

安歌垂下眼睛，至少也算是"在一起"过吧？哪怕他最后会离开，但这也够了。这句话从脑子里浮现出来的那一瞬间，所有的欢喜都淡化了去。

离开……怎么会无缘无故又想到离开这个词呢？

情绪在这一刻发生转变，安歌皱眉，将所有的复杂情绪都藏在眼底。没有人看出来，在那微微低垂着的眼帘下边，她到底是带着怎样的心情。而唯一真正明白的安歌自己，其实很不想明白。

比起知道自己喜欢上一个不能喜欢的人，她宁可相信自己对他这是追星而已，这样，还能够稍稍安慰自己。

安慰，说他们之间有许多回忆，将它们一点点捧出来，足以让她在思念之余，用它抚平心底不知名的某些痕迹。对于一个迷妹而言，这已经很足够了。


新闻的通稿都大同小异，主演的定妆照、剧本的大概情节、制作方面的精细优良，再就是投资上的资金多少多少。一般来说，有了这四点，就差不多可以让人对它产生兴趣了。

可是，这一次却不一样。

安歌翻页，看见通稿里最后几句里带着的自己的名字。

电影技术指导、天才陶艺少女、顾泽的现任女友……

从前的安歌很讨厌这样的标签，她一向不喜欢被定性，毕竟人是复杂多面的，从来不是几个标签就能说得清楚的。可今天看来，却没有多大的厌恶感。

也许吧，能够和他的名字这样摆在一起，即便是以这样的方式，也是一件能让人有些欢喜的事情。

"顾泽、安歌……"

还真有这样的事情啊，会为了一个人或者一件事，改变你对于许多东西的看法，将不喜欢变成喜欢，将介意变成不介意。只是，这些改变是什么时候发生的呢？如果说现在的她已经变了这么多，那么，她对顾泽的感情……

安歌猛地抬起了头，不一会儿，又缓缓低了下来。

算了，不要逃了，骗不过了。

"不是早就想清楚了吗？"

是啊，早就想清楚了，却也因为太过清楚，所以不愿意承认。

"是喜欢。"

不是粉丝的那种喜欢，也不是对于天际另外一端悬着的星星的那种喜欢，而是想和他在一起，不愿意看他离开，却又因为知道留不下他而不得不控制自己感情的那种喜欢。


退出手机界面，安歌把它装回口袋，这才发现，原来顾泽已经做好造型不知多久了。他背对着她站在不远处看着剧本，因为是隐居时候的戏，所以他没有束发，任由墨色散在背后，一身青灰色深衣，垮垮系了条腰带，外边罩着件茶白对襟薄披风。

安歌调整好心情朝他走去。

这是顾泽第一次演古代戏，虽然在网上看见过定妆照，但这是另外一个没有曝光过的造型，闲散中带着些些桀骜，两种截然不同的气质，却被这样恰当地融合在了一个人的身上。

这样的顾泽，还真担得起一句"世无其二"，亲眼看到，让人惊艳。

顾泽眨了眨眼，睫毛上落着金色的阳光，也许是因为太过专心，导致他完全没有发现在他身后偷看的安歌。随着剧本上的角色做出一系列微表情，时而痛心，时而迷惘，时而决绝，安歌在看见顾泽神态变化的时候，忽然觉得……

有些可爱。

也许这样的形容不恰当，可感觉却真是这样的。

心被什么东西挠了一下，像是遇见了被风吹落正好跌在手心的花瓣，像是听见了身后不远处停住轻鸣的鸟雀，像是被猫咪蹭了蹭掌心，像是行走在沙滩上、脚边慢悠悠晃过一只小螃蟹。

只一眼，轻易就拂去了之前所有的不愉快，让人忍不住想要舒缓眉头轻笑出来。

于是，安歌转了转眼珠，在发现他没有看见自己时，笑得贼兮兮的，猛地从他身后跳到了他的面前，咧出一口牙："嘿！"

顾泽的第一场戏，就是主演何去来出山的这天，他站在竹楼前，要完成性格上的转换，告别过去。一场没有什么台词也没有什么动作和表达的戏，那种不动声色的内心挣扎，最是考验人。

然而，原本酝酿着情绪的顾泽，一下没绷住，直接笑出声来："怎么不坐在那边休息？"

安歌后知后觉地嗫嚅："呃，我是不是打扰到你了？"

"没有。"顾泽卷好剧本，揉一揉她的头发，"一个合格的男朋友，就是应该要有随时随地接受自家夫人给的惊喜的自觉。"

这句话半真半假，烧得人心里发烫。

安歌干咳几声，没有注意到边上工作人员那一副"冷冷的狗粮在脸上胡乱地拍"的表情。

这其实是圈子里众所周知的一件事——顾泽在拍戏酝酿情绪的时候是不能被打扰的。

虽然在平时,顾泽很是亲和随意,但对于工作,他却是意外地认真和专注。即便不会发脾气,但那瞬间冷下去的气场绝对能让你明显地感觉到他的不悦。

然而,他今天的反应……

唉,区别待遇要不要这么明显啊!


**3.**

还没聊几句,顾泽就被李导叫过去讲戏。

占了他的演员椅,安歌托着脸望着他。

那边,顾泽却是专心听着李导说话,没有注意到她。

果然,工作中的顾泽永远是专心的,不管是做演员,还是作为追查那个人的侦查员,只要进入工作状态,他就能够屏蔽外边的一切干扰。

他对待工作的这份专注真的很吸引人。

不只是因为有同感,更多的是理解与尊重。安歌一直觉得,唯有心态与三观的接近,才能够证明彼此真的是同一个世界的人。而在一个嘈杂喧嚣、做什么事情都要被人用投资报酬率来衡量的大环境下,依然保持着这份近乎纯粹的心境的人,实在太难得了。

安歌迷迷糊糊地想,还好她遇见的是这样的顾泽。对于能够认识他、喜欢他这件事情,她表示……

自己的眼光真好。


"Action！"

场记打下板子，第一场第一镜。

电影名为《风流骨》，半架空，讲述的是明朝一个督陶官的故事。男主角何去来在进入官场之前习惯了恣意妄为，唯独对制陶有自己的坚持。

经得起打磨，经得起火炼，他认为在经过一系列程序之后，窑中烧出来的不仅仅是一件瓷器，更是一块骨头。生于天地之间，土里来，水中和，因火而成，是天与地的骨头。

何去来的性格里带着一些孤僻怪异，不肯放弃自己坚持的事情，会因为这个和别人争得面红耳赤，也常常嗜酒不愿清醒。这样的人不适合官场，还好何去来也无心名利。其实，如果按照他的性格，也许该一辈子待在深山里才对。

可偏偏某一夜里，暴风骤雨中有杀手来取他性命，他九死一生躲了过去，原本觉得莫名，却没想到，在这之后，他知道了一些事情。

关于他的家族，关于他的父母，关于他幼年家破人亡的真相，关于他素未谋面、不知生死的弟弟。这里牵扯甚广，要顺着线索追究下去，以何去来目前的能力，他最多也只能查到前任督陶官李端和的身上。

有些事情不知道还好，这辈子也能这么过下去，可一旦知道，若不去做，或许就要抱憾终身，日日沉溺于那无尽的苦痛和疑惑之中，死都不痛快。

便是在这样的前提下，何去来出山入世，机缘巧合再加上一身真本事，就这样进了朝堂。

这样的他自然引起官场中人的诸多不满，但他却是无所谓。毕竟他出世的目的并不在于名利。他唯一在乎的，只是多年前那个被隐瞒住的真相而已。

今天顾泽所拍摄的，就是何去来决定出山的那一场。

放纵过活了二十多年，满怀赤诚纵情山水、依靠制陶为生的年轻人，一夕经历生死，醒来之后，在残存的书纸上发现多年前家破的端倪，也是几番打探，惊觉上一辈的某些意外，其实都不是意外。

原来，他的家人并非不幸死于天灾，而是死在一个权势极重的人的手上，如今，那个人探出他的存在，还要来杀他以防万一。

这样的发现如同惊雷阵阵直劈心肺，让他恍惚，他也因不敢相信而颓唐许久。

可那也不过几日，在某个下着细雨的午后，他陡然清明，叩别后山上几座坟冢，带着为数不多的行李踏上去向皇城的道路。

站在小屋前，何去来的模样有些憔悴，整个人看起来有些狼狈，唯独一双眼，亮得摄人，含着冰霜冷意，利刃一样，要剜入谁的血肉。

背着行李下了竹楼，他回身，望一眼被掩上的木门，眸中闪过几许深意，顷刻而逝。

"如果可以……"

男子启唇，声音沙哑，低低的，像是许久不曾说过话，枯得厉害。

他哽了一下，也就是这轻微的一声，泄露了他的心绪。

没有人知道这几天里他是怎样在与自己斗争，就算表面看着再是如何的平静和不动声色，但那颗心中翻滚着的暗潮汹涌剧烈如斯，是骗不过自己的。


目光像是被钉在了他的身上，片场里除却机器运转的声音之外，没有一个人发出声音。

仿佛穿越了千年时光，回到那个朝代，进入那个故事。竹楼下的男子像是无波无澜，偏偏给人一种孤寂无力的决绝感，说他是要去赴死，都不会有人怀疑。

在这样的感染力下，所有人都生出错觉——

错觉，此时在他们眼前的不是顾泽，而真是那个一夕之间天地反复，自此背负上沉重枷锁和满满恨意的何去来。


可就在这时，镜头之外有黑影自木门边上掠过，顾泽的眼神突变，眼睛也跟着不受控制地虚了虚，直直跟着那道黑影移动的方向望去。

与以往不同，这一次出现的黑影速度极快，闪电一样一蹿而过，顾泽还没有来得及惊讶，就看见它消失在不远处的工作人员脚下。

他顺势抬头，猝不及防地与站在那儿的陆玖对视一眼。

顾泽清楚地看见每个人脸上的意外，也是这时，他才反应过来自己的动作太过突然。

"你在搞什么？"陆玖用口型问顾泽。

顾泽略作沉默，转向导演。

他歉疚地说："抱歉，我刚刚眼睛有些花，走神了。"

而李导虽然看上去有些不悦，到底也没说什么，只是摆摆手让他酝酿一下情绪再来一条。

众多人里，只有安歌和顾泽一样，看见了那道影子。

在顾泽与影子消失的地方来回打量几次，陆玖见状觉得不对，于是走过来，悄声问安歌："刚刚怎么了？"

安歌一愣，想了想："没什么。"接着又牵出一个笑，"可能他这两天赶路有些累，昨天就听他说头晕来着，大概是因为这样分神了吧？"

"可他刚刚的反应，好像是看见了什么东西？"陆玖满脸怀疑。

"是啊，在精神状态不稳定的情况下，产生一些幻觉，这样的情况其实，也……也很平常吧？我以前整天待在陶艺室，忙起来饭都不记得吃，记得看东西也会有重影的，甚至偶尔余光里还会看到黑影。"她一脸无辜，"九哥你没有过这种经历吗？"

陆玖微微皱起眉头，刚想说些什么，肩膀却被人拍了一下。

"中午没怎么睡好，好困啊。"陶尔琢半眯着眼，"我就先回去，不看师兄的戏了，等明天有我的场次了再来，可以吗？"

"你怎么来到这里之后总是犯困？"陆玖的注意力转移了。

安歌小小松了口气，跟着望向满脸困倦的人。

"我也不知道。"陶尔琢挠了挠头，"可能这两天就是精神不好吧，我自己也觉得很奇怪……"说着打出个呵欠，他怔了一阵，看起来有些委屈，"我刚刚说什么来着？"

"你说，你困了。"安歌小声回答他。

"啊，对……"陶尔琢应了声，歪头望向陆玖，"那我可以回去吗？"

陆玖把房卡拿出来给他，满脸的无奈："去吧，等我回去给你带饭。"

"谢谢九哥。"接过房卡，陶尔琢笑着露出两颗虎牙，"那我先走了。"接着又和安歌打了声招呼，"再见。"

安歌点点头，她与陆玖所站的角度不同，正巧能看见陶尔琢转身的时候那一瞬收掉的笑。不知道为什么，她忽然觉得有些奇怪。

但不久她又摇摇头，有什么好奇怪的？本来嘛，在疲劳困乏的时候，人就是没有什么精神，做不出什么表情的，这样的转变也很正常啊。

想到这里，安歌转过头来，把那些心思抛在脑后，继续看着顾泽。


而在离开人群不久之后，陶尔琢拐过一个转角，眉头忽然不受控制地皱了起来，紧跟着双手抱头，像是承受着什么极大的痛苦，咬着牙拼命忍耐。短暂的时间在这一刻被无限拉长，不知过了多久，他抬头，双眸发红，肤色以肉眼可见的速度迅速变得苍白。

树枝上停了一只小鸟，脖子灵活地动了几下，小小的翅膀轻拍，看上去很是可爱。然而，在它不知道的地方，有黑影自陶尔琢的脚边分化出来，下一秒，鸟儿连扑腾都来不及就被黑影缠住……

然后，哪里都没有了鸟雀存在的痕迹。

而陶尔琢像是瞬间恢复了精力，嘴角扬起个诡异的弧度。

他朝着某个地方走去，墙边的枯枝轻颤，像是被囚禁住的魂灵，见到了什么可怕的事情。

　　走进宾馆，陶尔琢却并没有进自己的房间，而是径直上了天台。

　　铁门老旧，在被带上的时候落下了点点锈迹，并拖出很长的"吱呀"声。

　　听见响动，原本背对着铁门的女人转过身来。

　　看见来人，女人低头，微微躬了身子。

　　Monster 的声音很低："我来迟了。"

　　"不迟。"此时的陶尔琢与以往纯良无害的样子一点都不像，他微微抬起头，瞥着 Monster，双眸极深，看起来颇为诡谲，"现在，刚好。"

# 十四

/ 并不只有你不安 /

**1.**

接下来的戏拍得很顺利，只是顾泽的心里始终都压着刚才的事情，还好这时的何去来本来就是满满心事，演下来倒也不影响。

第一天的任务不重，主要是给大家一个适应的过程，只拍了几场而已。

拍完之后，趁着大家帮忙收拾机器，顾泽望了安歌一眼，传递过去什么信息。而接到这个眼神的安歌小幅度地点点头，避过大家跟着他走到化妆间里。

"你刚刚有看见那道影子闪到哪儿去了吗？"掩上房门，顾泽转向安歌，径直问道。

"没看清。"安歌摇摇头，"只知道它往人群里一钻就消失了，我往后看，也没看见它再跑出来，甚至地上也没有什么奇怪的影子。"

闻言，顾泽的面色有些凝重。

安歌见他不对劲，忙问："怎么了？"

"那不是普通用作攻击的黑影，它的身上带着死灵的味道。"顾泽的声音很沉，"我以前一直都不知道，在不留下任何信息和气息的情况下，他是怎么在这个世界活下来的，但现在……如果没有猜错，他是靠杀人。"

"杀人？"

"也许不只是人，只要是有生命的东西都可以。"顾泽缓走几步，坐在椅子上环住手臂，"虽然我们看上去没有差异，但毕竟是两个世界，隔着时空的差距，那么多的条件都不一样，所需要的生存条件，自然也就不同。"他轻叹，"我也经常会有这方面的困扰，但还好组织上定期会给我输送这方面的药物进行对抗调节，而他……"

安歌蹙眉："什么？"

"这么说吧，你就把这当成是压强的不同，只是这压的不是身体，而是精神力，或者说，是魂魄。像是潜水员进入深海需要装备，如果你要维持自己的魂魄不散，就只能靠着这里的气息伪装自己，骗过这个世界里无形中的某些体系，走时空规则的漏洞。"

顾泽压着声音："简而言之，我是靠药物压制，而他却是靠着杀人取魂，贴补自己。"

安歌倒吸一口冷气，杀人取魂？

"可那个人一向注意，连最基本的气息都没有留下来过。这一次在大庭广众之下，甚至是有些刻意地当着我的面做这样的事情……"顾泽顿了顿，没有说下去。

而安歌顺着他的话往下想："他是故意要让你发现他的存在？"

"嗯，甚至可能他就在刚刚那些人里。"

安歌有些不解："可是，这么做，对他有什么好处呢？"

"也许没有别的原因，他只是在用这个方式警告我而已，顺便也展现一下他的能力。又或者，是他一时间能量减弱，撑不住？"顾泽眸色越发沉了几分，轻叹，"不重要了。说起来，我知道这个地方诡异，却没有想到它对我的干扰已经强到这样的地步。甚至今天，如果不是那道黑影从我眼前游过，我还真感觉不到什么动静，更别提靠着感应找到他。"

突然，顾泽灵光一闪。

与此同时，安歌也猛然想到什么："对了，原先定好的地点发生意外，这个新找的地方是谁提议的？"

顾泽的眼中带上几分笑意："对啊，是谁提议的呢？"

两人相对无言，在沉默中交换了几个眼神，达成什么默契。

这时候，门外传来一阵脚步声，化妆师一下将门推开，本想走进来，却在看见里面的人的时候一脸懵圈，咽了下口水迈开大步退出去，接着轻敲几下，极力稳住声音当成什么也没发生过的样子。

"里面有人吗？"

顾泽 & 安歌："……"

安歌想耸耸肩，却忽然发现，原来他们之间的距离这么近。于是，她满脸尴尬地后退几步，摸了摸鼻子，干咳几声。

顾泽轻笑一声。

"怎么最近总是容易害羞？"顾泽一把揽过安歌的腰。

安歌心脏一紧，下意识抵住他的胸膛，防止两人更接近。

"我、我只是不想他们误会。"

顾泽认真地想了想："按理来说，你和我现在的关系，不管他们怎么看，都不算误会。再说，我……"

"什么？"安歌一愣。

顾泽眸光一闪，松开手来。

"没什么……"

"等一下！"

如果说安歌的性格里，有什么不好的地方，那一定是喜欢逃避、喜欢多心、害怕失去。没办法，一个人在没有人照料的环境下长大，当然比不得一路被父母温柔呵护的孩子。也是因为这样，才会有她在感情上，对顾泽那么多弯弯绕绕的纠结。

但如果说，有哪些好的地方……

那么，除了天性乐观，一定就是"要么不说，要么说清楚"。

要逃避的时候比谁都蜗牛，但一旦决定面对，在看见细小痕迹的时候，又能比谁都更加干脆直接地把它揪住，然后拿出所有力气，扯出来。

她绕到了顾泽身前，分明紧张却又一个劲地给自己壮着胆："你刚刚想要说什么？"

似乎是意外她的动作，顾泽一顿，忽然牵出个笑来，走近她几步，是那种只要伸手就是拥抱的距离。

他沉默一阵，不动声色地观察她的情绪变化，良久开口："如果没猜错，你想的，就是我没有说出来的。"

如果人生可以画上时间轴，每一个重要的点都可以被标记上几个标签，那么，今天一定是安歌生命里最勇敢的片段之一。不在于面对了多强大的敌人，而是克服了自己满是惧意、想要退缩的内心。

"我不知道我在想什么，所以，你直接说。"

面前的人眼睫轻颤，小小的拳头捏在两侧，又害怕又期待的样子，让人恨不得把她一把抱到怀里，再不放开。顾泽低了低眼睛，强行让自己镇定了一把。

这是他第一次在遇到意外的时候这样无措，原本觉得她爱逃，怕吓着她，但是……

"我之前不说，是因为觉得你没有准备好，而我对你没有把握。但现在看来，是我估算错了。"顾泽的唇边漫开一抹笑意，如同滴在水里的墨色，慢慢晕开，直至蔓延到他的眉眼，变得极深，"很感谢你陪着我骗人，没有揭穿那条微博，但从现在开始，让它变成真的好吗？"

"你能不能再直接……"

"我喜欢你很久了。"


## 2.

门外的化妆师站得腿脚发麻，偏偏觉得不好去敲这扇门，于是就这么带着便秘的表情死死将它盯着。如果目光能够实体化，也许他的眼神已经嵌到顾泽的肉里了。

期间，摄影师、打光师、导演，乃至后勤等一干人路过这儿，在看见散发着怨念的化妆师的时候，每个人都忍不住停一下。而后，在问完他情况，他们就不只是停那么一下了……

于是，当安歌和顾泽牵着手打开门，准备走出来的时候，入眼的就是这样一番壮观的场面——

门里门外的人都不自觉往后退了一步，像是看见了什么惊悚的事情，也说不出哪一边更加意外。只是，小小的化妆间外能围这么多人，还真是叫人有些吃惊。

"不好意思占用了化妆间，大家这是要进去吗？"顾泽不动声色地将安歌护在身后，随即紧紧握住她下意识要挣开的手，继而开口，带着些许困惑，"那个，如果没有问题的话，能麻烦……让我们出去一下吗？"

话音落下，众人如梦初醒，人群中让开一条小路。

"谢谢。"顾泽笑笑，从容不迫地牵着安歌走了出去。

然而被牵的那个却从头到尾低着头，另一只手还微微捂着脸，像是没脸见人了一样，直到离开人群很远的地方，她依然没敢抬起头来。


从化妆间到宾馆房门口，这一路上，两个人虽然牵着手，却没有说过一句话。直到顾泽刷房卡，带人进门，关门。

他回头，正巧看见安歌吞口水的样子。

怎么会这么紧张？都不像她了。

顾泽想着，忽然扯过呆愣愣望着自己的安歌的手腕，一个使力调换了两个人的位置。他单手撑在门板上，把她困在自己的怀里，缓缓低下头，放轻了声音。

"在化妆间里不是答应得好好的，怎么现在却一副丢了魂的样子？还是……你刚刚其实没有考虑清楚，现在想反悔？"

安歌抬头看他，眼神依然是散的，也不知道思绪飘到了哪个次元里，整个人都在发懵，好像之前说过的、做过的，都是在她无意识的情况下发生的，甚至连她自己都不知道自己在想些什么。

嘴唇上下动了动，然而，她却没说出一句话。

对着这样的安歌，顾泽忽然有些无奈。

"如果你不知道该说什么，那至少集中一下精神，现在，我说，你来听，好不好？"

原本没有反应的安歌，在这时候，眼神稍稍聚焦，对着他轻一点头。

顾泽见状，笑着叹一口气："我刚刚一路上都在想，这段时间里，你和我的心情。直到刚刚，我才想明白。"他直直望着她的眼睛，却不是逼迫的姿态，反而显得极暖，"所以，我想告诉你，会紧张、会担心、会害怕的……不只你。"

安歌眼神微晃。

"我对什么事情都是信心满满，哪怕是面对那个人，在看见我们实力的差距之后，虽然有过不安，却依然没想过退缩。不论是什么，我都觉得只要前进就好，就能走到做到，却独独是你，我不敢走得太快，话也不敢说得太急。"

顾泽，万千迷妹心中的男神，异世界里能力最强的执行员，不论在哪个地方，都是耀眼优秀的存在。这样一个人，要说他会因为谁而感到不安，没有人信吧？

就连此时此刻听见他这么说的安歌都不信。

"也是因为这样，我开始犹豫和不确定，喜欢也不敢明说，总想等到能够完全确定你心意的时候再说出来。可如果两个人都是不敢伸出触角的蜗牛……拖得越久，心底越不安，越不愿意去戳破它，万一有个什么万一，一定会遗憾吧？"顾泽说着，顿了顿，"这句或许会遗憾是我刚刚才想到的，而在化妆间里，我不是因为这个才说出那些话。"

顾泽皱着眉头，看起来像是刚出生的小奶猫，担心自己要被抛弃："当时是你给了我信心，让我觉得自己不会被拒绝，但现在，你怎么又不回应了呢？"一番话将自己放得很低，讲得可怜兮兮的。

安歌想，如果她不是被告白的当事人安歌，看到这一幕，一定会惊讶得不敢相信。可她就是安歌啊，被他圈在怀里、用这样的方式在告白、没有办法再抽出心思想其他事情的安歌。

喜欢上一个人，就会变得小心翼翼，尤其是在暗恋里。

原来，这种心情，从来不止她……

可是，他那么好，为什么会不安？

这样示弱，这样的表情，这样等着她回应，这样……真是不太适合他。

"不是不回应，只是没反应过来。"安歌闪躲了一下，干咳两声，

"其实，我以前看小说电视，还蛮喜欢那种霸道的表白方式，你这样把所有选择权交在我手上，那个……女孩子还是会有矜持害羞的时候嘛，那，你这样，我该怎么说啊……"

"是这样吗？"顾泽扬唇，笑笑，"那我懂了。"

话音落下，顾泽低头。

他闭上眼睛，贴上她的嘴唇。

安歌微微一怔，很快放松下来，慢慢伸出手环住他的腰。

感觉到回应，顾泽笑意更浓，刚想揽她入怀，却不想，这个时候，身后的门板被重重敲了几下。

"你们在里面吗？"

安歌一惊，连忙从顾泽的怀里挣脱出来。

顾泽则是秒速完成从温柔暖男到煞气面瘫的转变，周身散发着黑气——

那个人敲门，一定是有性命攸关的事情吧？

如果不是……

呵呵，那现在是了。


**3.**

冷着脸打开房门，顾泽一眼就看见连毛孔里都透着嘚瑟的陆玖。

他深吸一口气挤出一个微笑，忍住把房门摔在陆玖脸上的冲动，问道："有事吗？"

完全不知道自己刚刚打断了什么，陆玖笑得一脸灿烂邀功："喏，这个。"他扬了扬手上的合同，"皇军托我给您带个话儿……"

"直接说。"

陆玖被浇了一盆冷水，郁闷地翻了个白眼："你上次和我说的事情，办妥了。"

顾泽接过合同粗粗翻了几页，接着回身望一眼，在对上偷瞄着的安歌之后。他对她笑笑："我很快回来。"

在看到安歌轻轻点了一下头之后，顾泽关了门就和陆玖离开了。

他没有发现，身后不远处的诡异黑影。


边走边看，等顾泽走到楼梯口时，这份合同已经略略看完。

合上合同，顾泽想了想，像是不解："没有违约金？"

而一直等着他回应的陆玖在这时一下没忍住，"噗"了一声。还以为他那么认真在想什么，结果居然是这个……好歹是兄弟一场，就算不照顾，至于捅刀扒皮吗？

想是这么想，但心底还是有些不爽的。

于是，陆玖朗声说道："怎么可能没有违约金？你以为我家开救济所的啊？"在吊起顾泽的胃口之后，他又豪爽地笑笑，"《风流骨》的票房你拿三分之一的片酬，并且不参与分成。这就是违约金了。"

顾泽认真地低头看一眼："合同上没写。"

"哎，认识这么久了。"陆玖几乎被气笑了，"我是那么个认钱不认人的人吗？"

比看合同的时候更加认真地点头，顾泽肯定地反问："难道不是吗？"在看见对方一副被噎住的样子的时候，他终于没忍住，挑着眉头拍了拍陆玖的肩膀，"不管怎么说，你尽心带我这么久，我也一直都知道……嗯，这个先不算，但我在无缘无故的情况下要和公司解约，损失应该不小。你就这么把我放了，说不过去。"

听到这句话，陆玖反而沉默了。半晌，他轻笑。

"有什么说不过去的？公司是我爸的，早晚要交到我的手上。我还不能处置一下自己公司的艺人了？"陆玖佯装无所谓，"当初我当演员差点被他端了，对于我而言，经纪人是退而求其次。可事实上，在他眼里，我只要混在这个圈子里他就是不舒服。现在，你走了，我没人可以带，正好回去董事会。他应该在偷笑呢吧，哪里还顾得上要什么交代和违约金。"

## 4.

四周陷入沉默。

顾泽没有接话，还是陆玖先开的口："作为兄弟，我是真羡慕你，想做什么就做什么，一朝想走，也什么都舍得下，说走就走了。我想，就算没有我的帮衬，要做什么也难不住你吧？"

陆玖的笑里带了些苦涩："你看，还是有人活在理想世界里的。难得身边就有这么一个例子，我是不是还能靠着你这个榜样再挣扎一下？"

对上陆玖伸出的手，顾泽用力地击了回去，力道不重不轻。

他表情认真："以你的能力，我相信你可以，陆少。"

"我还没回去呢，称呼不着急改。"陆玖抽出手来，很快收起了之前的苦涩，换上一脸嫌弃，"好了，你的事情这下基本上就解决了。我呢，也就功成身退……"

"啊！"

陆玖的话还没有说完，不远处的房间里却忽然传出一声惊叫，像是发生了什么事情。

这个声音即便是因为沾上惊慌而有些颤抖变形，但对于顾泽却依然熟悉。顾泽耳朵一动，身体比大脑更快反应过来，他直直地跑向那个方向，却只看见半开着的房门——

安歌！

顾泽冲进房间，四处寻觅，然而里面空空荡荡，一个人都没有。

没有黑影，没有雾气，没有什么别的气息……

心底有哪个地方被揪起来，顾泽在转身的瞬间带出点点微芒闪现，只那么一回头，就换成了另一张脸。

这是顾泽第一次这样慌张，无措到忽略了身边的动静，也忘记了周遭一切……正是因为这样，在对上陆玖视线的时候，他很明显地看见对面的人僵在原地。

自上次顾泽出事、在他家照顾他，亲眼见到他身体上的伤痕以肉眼可见的速度恢复的时候，陆玖就知道他不简单，只是没有想到，他会……

然而，纵是意外，陆玖却反应很快，大概是基于了解和信任，加上还是有一些心理准备，他稳定了一下自己的心神，问道："安歌出什么事了？"

稍稍平复了一下自己，顾泽摇摇头："不知道。"接着又对上陆玖，

"我现在要出去，明天上午没有我的戏份，我会……"

　　"我会帮你搞定。"陆玖虽然不知道发生了什么，却也知道事情的重要性，"你安心去做要做的事情就好。"

　　顾泽颔首："谢谢。"

　　说完之后，他便身形一闪消失在了原地，像是骤风急急掠过地面，只留下扬起的点点尘埃。

# 十五

## / 我要毁了那地方 /

**1.**

从宾馆到树林，从天亮到天黑。

那个人像是有意要把顾泽引来这里，时不时地会放出一些气息，有时候是干扰，有时候是引导，他走了许多岔路，但那么多的弯弯绕绕，最后却全都指着一个方向。

穿过小树林来到峭壁前，顾泽站定了脚步。

月光下，对面站着一个人，黑衣黑裤，宽大的帽檐，只露出一小截下巴。

如果是从前的顾泽，他一定不会顺着这份明显的引导来到这个不去想都知道危险的地方，或者，就算要来，也一定会有所准备。

然而这一次和以往的情况都不一样。顾泽抬眼望向不远处的人，紧握的拳头泄露了他不如表面镇定的心绪。这个地方有太多的未知和不确定，虽然安歌的身上有化解对方能力的磁场，可这个地方的磁场本来就混乱，他无法确定这会不会对她造成影响。

他深深吸了口气，尽力平稳着情绪，开口："我来了，她人呢？"

那个人像是笑了，肩膀微微抖动一下，却并不开口。

顾泽等了一会儿："怎么，把我引过来，却不说话？"他又向那人靠近几步，"我现在就在这里，你到底想要干什……"

不等他说完，身后便蹿出来数道黑影，带着极强的攻击性，结成绳索状自他脚下飞速掠过。

顾泽旋身一侧躲开，却不想那些黑影的目的并不是他——

黑影化成尖锐的长刺，一道道钻进黑衣人的身体里。有风掀开黑衣人的帽檐，在看见他露出痛苦表情的时候，顾泽心底一惊。

这是剧组里一个剧务，并不是那个人……

上当了！

顾泽刚想上前制止那些黑影，却不料手腕被什么东西捆住。他下意识化出光刃将黑影劈开，然而也就是这个时候，飓风卷起沙尘迷了他的眼睛，他身子一轻被黑影托了起来。

被甩出去，撞在树上，顾泽觉得自己五脏都移了位，脑子也是阵阵发晕。

剧痛之下，光刃脱离他的手，被化成手状的黑雾卷起。

顾泽忍痛一跃起身，刚刚落地，黑雾又发起攻击。

一番打斗之后，地上泥土翻转，树根都几乎被暴露出来，身受重伤的顾泽这时动都不能动，身子僵直杵在原地，眼睁睁地看着光刃劈砍而至。

"停！"

远方有一道声音，带着撕心裂肺的急促，携了说不出的力道，直对上那道光刃。霎时，刀刃被声波击碎，火光四溅，而四周的一切变动也都戛然而止。

与此同时，顾泽的容貌也在飞快发生改变，他膝盖一软，刚要倒下去，却也就是这时，来人快步上来搀住他。

而那个剧务不知道是晕过去还是怎的，此时也倒在了地上。


"你怎么样？"

视线一片模糊，顾泽望着那张熟悉的脸。

"安歌？"他像是不确定，唤了一声。

而女孩像是很焦急："是我，你怎么样？"

顾泽垂下眼睛，也不知道在想些什么，过了好一会儿才半靠着她站起身来："我现在有些累，能量被消耗了一大部分，不太有力气。你能扶我回去吗？"

"嗯，你小心一点。"她慢慢搀起他来，朝着来时的树林走去。

黑暗里，什么都看不清，女孩却始终稳稳扶着他，一步一步艰难走着。顾泽就这样靠在她的肩膀上，细碎的刘海遮住了他的眼睛。

没有人知道，那眼底深处反复翻滚着的情绪，到底是什么。


## 2.

宾馆门口，警笛不停地响着，打在脑子里，让人一阵神经紧绷。

拦住迎面走来的陆玖，顾泽问："这怎么回事？怎么会有警察？"

"你有看见陶尔琢吗？他不见了！"陆玖也十分急切。

双方皆是一愣。

陶尔琢不见了？

陆玖的眼睛定在了安歌身上："你怎么会在这里，你不是……"

"等等，先告诉我。"顾泽一把截断他的话，声音沉得可以拧出水来，"现在这里到底是怎么一回事？"

陆玖开口："剧组里死了个人，在天台上，身上没有外伤，听说也没有什么病史，警方已经排除了自杀的可能，但要说是他杀又实在没有痕迹，所以现在正在调查。"

顾泽眼睛不受控制地眯了眯，紧抿嘴唇。

没有痕迹，没有外伤，再加上空气中淡淡的死灵味道……

是那个人。


"剧组里现在已经消失了几个人，剧务老张、陶尔琢，还有一个新人。"陆玖沉默片刻，"刚刚宾馆里的监控拍到，安歌有去过天台，时间的话，应该就在发现尸体之前不久。"说着，他瞟了安歌一眼，"但如果你们在一起，又是刚刚过来，那么……"

"老张在穿过小树林前边不远的沙石地那儿，你们现在去找，应该还来得及。"顾泽再一次截断陆玖的话，身子微微前倾，眼睛里透出几分深意，"我现在带安歌去见警察，我会为她做证，她刚才和我在一起。"

身边的女孩身子一紧，退后两步。

可是顾泽没有给她逃避的机会，他一把抓住她的手腕，看似轻柔，却使了巧劲，让人无法挣开。

她在这一瞬间敛了全部的表情："你知道。"毋庸置疑的口吻，说的却是莫名其妙的话。

"什么知不知道？"顾泽稍稍放松神态，轻了声音，像是诱导，"我们去那边把事情说清楚怎么样，总不能让警察……"

陆玖这边还意外着，却没有想到，"安歌"轻轻那么一下，就挣脱了顾泽的拉扯。

"你早发现了。"疑问的句子，却是陈述的语气，没有一丝丝波动，Monster 扯了扯嘴角，没有等他的答案，"小看你了。"

这时，顾泽也不再假装："你也不差，这么早就看出来，还怪叫人遗憾的。"

Monster 不答，转身就想走，却被顾泽钳住手腕，力气大得几乎要捏碎她的手骨。

"你既然会装成她来找我，总该有些目的，什么都没有完成就这么离开，他会放过你吗？"顾泽眉目凛然，"我想，你还是不要着急走的好。"

沉默一阵，Monster 干笑两声。

"我不傻，你以为，我不知道你想做什么吗？"

她抽身就要离开，却没想到，这时有淡淡幽光顺着她手腕处的经脉游向脚踝，接着幽光化成实体，牢牢地将她捆住，她再也动弹不得。

在 Monster 被捆住的时候，远方忽而亮起白光，四周散射出强大的能量波。

那不是一个人能够引发出来的。

普通人只觉得胸闷，顾泽却敏感地发现其中的蹊跷。

能量波散开之后，这边本就不稳定的磁场中，其中的弦线开始一道道扭曲起来，空间的轴门开始拉伸，这是……

顾泽的眼中闪过几分不可置信。

他猛地提起 Monster 的衣领，竭力控制住自己。

"你们究竟还想做什么？"顾泽掐住她的下巴，"安歌在哪儿？"见她不答，他掐得更狠了一些，"她在哪儿？"


## 3.

这个声音惊动了不远处的人，几个警察商量着，持着警棍朝这边走来。顾泽对此视若无睹，可 Monster 却是眼睛一斜，像是计划些什么。

"你……"

他的话还没说出口，眼前的人忽然亮了双眸，白光一闪将四周圈住，而原本躁动不安的人群，在这一刻，全部安静下来，再没有半点反应，包括陆玖。

顾泽一惊，脑海中有一些片段闪过……

那是曾经被人封住的记忆区域，只是，现在四周发生异变影响到了他的精神力，是以，画面一帧一帧，又浮现出来。

"那时候在安歌家，是你。"他松开抓住她领子的手，为自己的发现而感到诧异，"你不是人，是灵偶。"

灵偶也是当年 K-HI 组织的研究对象之一，这种东西类似于高科技仿真机器人，但他们比机器人更加智能，也更加逼真，划开皮肤，甚至还能流血。让他们诞生的最初目的，是作战斗和间谍使用的。

由于这样的目的性，系统设置里灵偶的忠诚度非常高，一个灵偶一生只会认一个主人，一旦认定，那么就会誓死效忠。

可这个项目很早以前就停止了，因为被输入能量和程序之后，灵偶会变得异常强大，甚至可以借此控制别人的脑电波。而且，因为主人的不确定性，灵偶搅出了不少事端，出了很大的岔子。最坏的一个案例，是人力无法再对它进行控制。

此时看来，Monster 控制了大家的脑电波，才让大家静止不动了。


顾泽不是不知道这种东西的存在，只是，他没想到，那个人竟然驯了一个灵偶……

"我不是灵偶。"从来麻木的脸上开始出现一丝情绪的裂痕，Monster 极其缓慢地转了转脖子，"我有思想和感情。"

原本凝滞住的空气慢慢开始流动，周边的电波也稍有减弱，顾泽一顿，扬起一个很浅的弧度——她应该很在意这个，不然也不会因此分心。

顾泽抓到了这个要点，继续与她对话。

"你所谓的思想和感情不过是人为输入的程序，你以为的，始终只是你以为而已。"

面前的人开始不自觉转动眼珠，像是陷入困惑。

顾泽一边不动声色地放出自己的气息感受四周，一边继续转移她的注意。

"如果我没有猜错，你是他从 K-HI 里带出来的最后一代对吧？既然是这样，你的程序里应该还存着当时的景象备份。只要你稍微调动，就能回想起来。"

Monster 顺着他的话，扯了一下眉头，但那也只一下，轻得像是抽搐。她嘴上依然否认着："我不是灵偶。"

"哦？"顾泽像是听见了什么好笑的事情，稍稍往后退了两步，离开她的电波控制范围，"对，你当然可以不承认。我原来以为是他洗掉了你的过去，你不记得而已，但现在看你这反应，你只是不愿意承认罢了，对吧？也是奇怪，一个不存在思考能力、只是靠着程序在运转的灵偶，居然能摆脱那些东西，开始拒绝承认自己的身份……"

在顾泽说话的时候，Monster 只是听着，半点反应都没有。

可是，她释放出来的干扰信号却渐渐减弱。

顾泽不知道是不是那个人真的创造出了有自己思想的灵偶，但不管怎么样，灵偶就是灵偶，不是人。

之前被消耗了一部分能力，而后又被 Monster 的电波干扰，其实，现在的顾泽是有些撑不住的。可即便如此，他依然佯装无事与她周旋。

他隐隐感觉到，那个人最大的动作，应该就在今晚了。

忽然，他捕捉到一抹气息。

这一瞬间，他激动得心底有什么东西几乎要喷涌出来，面上却更加沉稳了。他目不转睛地盯着眼前的人，打起精神，一点点顺着那气息摸索……

带回潜逃犯人，这是他的任务，是他留在这个世界六年以来唯一的目的，也是他日日夜夜记挂在心里的一桩事情。更何况，现在那个人手里还有安歌。

顾泽望着眼前出神的人，冒险散出自己的能量，顺着气息追去……

这时，Monster 倏地清醒："你在干什么？"

原本弱下去的能量波蓦然强大起来，Monster 满脸戒备，却不想对方扬唇一笑——

"没什么。"顾泽轻松回应，"反正都做完了。"


话音落下，顾泽动作迅速，再次结出一道光刃，提步跃起朝着某个方向狠狠劈下。光刃自上而下，猛然一记重击，像是闪电，带出阵阵流火坠地。

而他就在那一片火色里穿越过去，艳色在他的眼睛里燃得极盛。

他在 Monster 的眼皮下瞬间消失，身影融于黑暗。

Monster 眉头一皱，还没有做出什么动作，就看见自己脚踝上那幽光化出的绳索不知何时更紧了一些。有丝丝冷意顺着那个地方蔓延到她的四肢心口，不论怎样挣扎，都动弹不得。可她却浑不在意，反而望着顾泽离开的方向，微微扬了嘴角。

A 计划没能成功，那么，按照 B 计划，让他自投罗网，也不错。

**4.**

夜风带着彻骨寒意，刮得顾泽的脸生疼，周围的景色在他身边飞快闪过，模糊成一片。

顾泽向着气息散出的地方全速前进，越是往那里靠，感受到的压力就越大，他被迫放慢速度，能量被限制住的感觉也越来越强。

终于，他到达光阵之外。

这像是某个峡谷里，一草一木都带着诡异的气息。

顾泽原以为这里磁场的异常是山村之中有异形磁石，到了这里却发现，这个地方构造特殊，本身就带了不寻常的能量波。而由于这样的不稳定，两个时空的轴线于此相交，稍有不慎，两个世界会出现动乱。

这是怎么回事？

顾泽还没来得及想明白，就在光阵里看见一个虚影，虽然模糊不清，可他不会认错，那是安歌。

"安歌！"他大唤一声。

里面的人却好像听不见也看不见，依然愣愣地站在那里，不知道情况似的。

顾泽心下一定，想走进光阵。

可是，却并不容易。

腿脚像是被灌了水泥，微风在这里都成了重锤，周围无形之中有层层压力袭来，压得顾泽几乎透不过气，只能勉强撑着身子，一步一步迈向光阵。

这种感觉，就像是不戴任何器械在深海里潜水，压强大得几乎要将人挤成纸片，连内脏都要爆裂。但就算这样，顾泽依然一步步地走着，虽然艰难，但他仍旧坚持。

那些个黑影、雾气，什么都没出现。

顾泽不敢呼吸，藏住所有的气息，生怕出什么闪失。

这时，光阵里涌出一阵气流，顾泽敏感地捕捉到那个人的气息。

他定睛看去，然而，除了安歌，没有看到任何其他人的影子。

顾泽紧抿嘴唇，原本僵直的身子开始再次动作。眼睛被白光灼伤，身前身后都有数道重墙挤压，他撑了许久，却在最后一刻膝盖一软，倒了下去——

却没有想到，这一倒，竟然脱离了重压，进入了光阵里。

他身子一松，撑地站起，脸上已经没有了一点血色。

光阵的最中心处一片平和，什么压力也没有，什么东西都正常。身处其中，这让他想到了龙卷风，风眼里总是最平静的。

只是，这里并没有安歌，而那涌动着的气息也仿佛被什么东西隔绝，他再没有闻见过。

突然，外面传来一个声音。

"你来得还真慢。"

顾泽转了一圈，终于透过渐渐减淡的强光，看见那个人。

只是，在看清楚对方的脸时，顾泽的瞳仁骤然放大。

"陶尔琢？！"

话音落下，强光消退，像是从来不曾存在一样。

快步向前，却被一堵看不见的墙面挡住去路，顾泽一惊，探了几下，却无法破开。他沉了口气，在最短的时间内让自己冷静下来。

"你把我引到这里，是想做些什么？"

脸色苍白的陶尔琢动作缓慢地摸了摸嘴唇，接着，又看一眼旁边的巨石，眼睛转了几下，露出一个天真的笑。

"你猜？"

与平时没有差异的表情，现在看着，却是说不出的诡异。

顾泽定了定心，瞳色忽然变成深黑，里面有细碎的幽光流转，他就那么盯着陶尔琢。

对方见状只是一笑，看起来并没有怎么放在心上。

半晌，顾泽的瞳色恢复如常。

"你不是他，你用他的身体，想做什么？"

对面的人歪了歪头，笑笑："你说错了，我是他，但他不是我。还有，这个身体，本来就该是我的。"他走近两步，虚虚抚着那堵无形的墙面，"其实你还真是让我有点意外，我原本以为，你会更关心……"朝着另一边看去，意有所指，"她呢。"

顺着陶尔琢的目光望去，顾泽一眼就看见倒在不远处的安歌。

她像是陷入了昏迷，软软地倒在地上，顾泽猜测，安歌应该也是遇到了和他一样的状况。

等等，顾泽一顿，脑海中闪过一些东西。

强光、无形的阻隔、两个世界的人、特殊的磁场……

将所有的条件组合在了一起，顾泽的脑子飞速运转……

"怎么看你的样子不太着急呢？"

这个声音像是火星，点燃了顾泽原本没有注意到的一些细节，霎时冒出冲天火光，而他也在这被点燃的时刻猛然抬头。

"你是想破坏时空壁垒？"

陶尔琢轻一挑眉："嗯。"他说得很慢，"这是一小步。"苍白的脸上浮现出诡谲的笑意，他轻轻捏起拳头，忽又张开五指，无声地做出爆开的唇形，接着看向顾泽——

"我想，毁了那个世界。"


## 5.

指甲嵌进了肉里，顾泽的手背上爆出几条青筋。

这个人，他该不会是疯了吧？！

的确。身在这个世界、带着这里的气息，却并不属于这里的顾泽；拥有异世界血脉和特殊能力，却是在此长大的安歌。被困在阵法里面的他们就像是两把钥匙，在这个时间，出现在这个地方，两个截然不同的磁场被无限放大，再加上时空轴线的扭曲……

顾泽咬紧牙关。

突然，他使出所有的能量，爆发出一瞬强光，可也就那么一秒不到，它便被无形的墙吸收掉了。

"你想反抗？"陶尔琢弄了弄指甲，轻蔑笑道，"如果你能叫醒她，说不定还有一点可能，我研究了好一阵子，她的那份能力只能在有意识的情况下才会有作用。可惜，你在这个阵里，无论你说什么，她都听不见。"说着，他转向安歌，"只是，我倒没有想到，师弟会把剩下所有的消磁药剂全种在她的身上，要早知道，我就不用杀他了。"

陶尔琢说着，像是有些困惑。

"不过你说，师弟这么做，到底是为什么呢？她都不在那边，对于我们也像是一无所知。在他种下那些药剂的时候，他应该也不知道我会来到这里……"

陶尔琢太自信了，对这次的行动也似有十足的把握，所以，对顾泽也就放松了防备。然而，顾泽却顺着这几句话，回想起曾经的一些细节。

陶尔琢口中的师弟，顾泽其实知道是谁。

摸着记忆的绳索回望，他记得，那是在几年前，他还没有来到这儿，第一次见到那个前辈——先知。

先知前辈已经十分虚弱，生命也似走到尽头。顾泽是为了调查 K-HI 才会去找他。

先知前辈得知顾泽要来这个世界，就给了他一块石头状的东西，并且耐心告诉他它的作用。

等等，那个东西……

对了，那个东西，就是他在最初的时候，交给安歌的！

先知前辈当时讲得简单，是以，顾泽一直没太放在心上。可现在想想，当时先知前辈的话里，像是有些深意。

先知前辈是组织里的决断性人物，如果说进入组织的其他人都是靠着异能，那么，这位后天性给自己植入异能的前辈，靠的便完全是能力和远见。他每每给出意见，都能起到关键作用，大家笑着说他不是看得深远，而是可以预知未来，于是叫他"先知"。

先知前辈没有否认，反而笑笑点头，说确实如此。

"啊！"陶尔琢忽然打了个响指，"他曾经说，自己可以看见未来的事情。而当初，我问他看见了什么，他只说，他死了之后的事情就看不清了。"他笑了笑，"这么说来，可真是奇怪。如果他真能看见，又怎么会这么信我呢？"

颠颠倒倒的几句话，没什么情理性，却偏偏击得顾泽心底一震。

如果，如果是真的……

顾泽望向安歌，眼睛深邃，像是想确定些什么。

可还不等他确定完毕，陶尔琢却忽然大手一挥。

"时间，快到了。"

就像日落月升时候，潮汐会受引力影响发生起伏，磁场这种东西，在一定程度上，也会受时间的影响和限制。顾泽猜测，陶尔琢是要等时机，放出所有的能量，扭曲时空。

顾泽不知道这个时间还有多久，自己又能怎么做，他甚至不知道陶尔琢具体打算干什么。可他推算，在磁场最强的那个时候，应该也就是困住自己的阵壁最为薄弱的时候。因为这份干扰不止对空间壁垒有用，对这个，作用应该也不小。

不论如何，总得试试。

# 十六

**1.**

天地间仿佛倒扣着一个巨大的铁盆，周围的一切越来越压抑。

顾泽环着手臂站在光阵里，一边感受着周遭变化，一边和陶尔琢说话。

"你到底想得到什么？"他问。

"不要用好奇心当借口，企图分散我的注意力。这没有用。"陶尔琢拍了拍衣袖，望向天空，"毕竟，现在已经不需要我再来操控什么，等时间到了，事情自然也就成了。"

他说得随意，却让顾泽心底一紧。

可就算这样，顾泽也还是装作若无其事。

"既然如此，你是不是也可以让我死个明白？听说在时空拉伸的时候，被卷进去的瞬间就会化成飞灰，是这样吗？"

回头望他一眼，陶尔琢扬起一个讽刺的弧度："我不是你认识的那个人，你不必用这样的语气和我套近乎。"他动作很小地抬了下下巴，"不过，有些事情，倒是可以说说。在来到这个世界最初的时候，我只是想拿回 K-HI，可现在它已经被毁了，里边的人、研究的东西，被毁得一点不剩。那些人，怕是根本没有考虑过别人的心血吧。"

闻言，顾泽有些惊讶："就因为这个？"

"你知道什么，它们很重要的。"他背着手，"这个组织，最初是我提议建立的，它就像我的孩子。在见到好处的时候，大家都说支持，在弊端显露的时候，却没有人再给我机会修复，反而要直接收回……呵！"他倏地冷笑，"没有人可以罔顾我的意志夺走它。而粉碎它，就要付出代价。"

为了那个叫作 K-HI 的组织，潜逃到这个地方，变成一个要靠取魂为生的怪物，抛弃原有的一切，不惜从国家机密人员变成身负命案的罪犯。

"可是……"

峡谷里起风了，顾泽在光阵里，感觉不到外边的波动，但看着陶尔琢衣角不动，只是发丝轻轻飘了几下，想必应该不是什么大风。但转眼，顾泽就看见地上沙石飞起，路边的枝叶迅速枯干掉落。

这时，有一个人出现在陶尔琢身边。

是 Monster。

"你来了。"陶尔琢语气淡淡，"正好，有好戏，一起看。"

Monster 不说话，只是轻轻点头，站在他的身后。

阵壁的坚固度在一点点降低，顾泽把手插进口袋，眉头紧绷却不敢做出动作，只是安静地等着。

没有想到，陶尔琢却忽然偏了偏头："你还在等机会？"问完，他又转回来，"Monster，你去盯着他。"

酷似安歌的灵偶领命，乖顺而恭敬，接着走到了顾泽身边，集中了所有精力，好像只要他稍微有什么动作，就会立刻做出对应的攻击。

"你说，都是要死的人了，还想那么多做什么？看我，我就什么也没有想。"陶尔琢淡淡地说道。

顾泽惊讶。

Monster 的眼中有无措一闪而过。

顾泽的心沉了沉："你什么意思？你是说，你……"

"我不在乎。"陶尔琢苍白而瘦削的脸上，慢慢退去冷厉，添上几分怀念，"花费了几乎所有心力去做的那件事情，它再也做不成了。那些人，太卑鄙了。现在，我变成这样了，但能在报复完他们之后死掉，想想，还让人挺开心的。"


Monster 在听见这句话之后，满眼惊讶："您是说，您也会死？！"

天地之间的重力场被打破，石头都飘在了半空。

阵壁变得薄如蝉翼。

没有工夫再去关心一个灵偶为什么会有情绪波动，顾泽眼神一冷……就是现在！

光刃自虚空中生出，划破无形的壁垒，顾泽直直冲破光罩奔向安歌，一击敲碎了中间的阻隔，接着，他将人抱起，几步退远。

这一切的动作只在瞬间完成，爆发力强得让人惊叹。仿佛上一秒钟，他还在原地，可这一时刻，他却已经做完了所有事情。


陶尔琢有些意外："又小看你了。"

"利用这些东西引发空间爆炸的可能性并不大，你到底想做些什么？！"顾泽一边死死抱着安歌，一边集中精力与对面的人对视，"如果真的照你所说，你那么在乎 K-HI，以你的资历，足够说服他们再给你一次机会修补漏洞。可你选择杀人潜逃，这足以证明，你刚刚说的不是真的。"

沉默了一小会儿，陶尔琢忽然轻声开口："我说的，都是真的。要毁灭那个世界是真的，我们都会死是真的，K-HI 被抢走也是真的。"他说着，突兀地笑出声来，瞬间激动了起来，"你以为自己被我骗了，可其实，他们才是骗你的人！"

陶尔琢伸手指向一个地方："还有，你以为自己破开阵壁就能阻止我吗？你看那儿！"

顾泽余光扫了一眼他手指的方向，内心大骇。

夜幕像是被什么东西撕开了一道口子，那里像是黑洞，能吞噬所有一切……

时空，真的乱了。

**2.**

飞沙走石，风雨大作，这些变化不过是一瞬间的事情，就像那猛击落地的雨不过几秒钟的时间又倒聚成云一样。

顾泽再次退后几步，也是这个时候，安歌的口袋里有什么东西发出微光，只是那光实在太过于微弱，弱到没有人注意到它。

陶尔琢扬起嘴角，眼睛却死死盯着顾泽。Monster 看似恭敬，眼神里却带了点点不安。

没有人知道下一刻他会做什么。

在这种需要集中注意力的时候，顾泽的心神却被身边人的一个动作分散。

顾泽条件反射似的低下头，这一刻，正巧看见安歌缓缓睁开眼睛。

宇宙之中，同时存在着许多个世界。现在阵结破碎，陶尔琢所需要的气息无法被提炼精纯，这样的话，就没有办法保证联通的是哪两个世界。

想一想，用这样的方式散出他的气息，也是个好方法。

可是……

顾泽伸手虚虚一抚，那儿的伤口瞬间消失。

仿佛之前所有的虚弱和无力都不曾存在过，他先握住了身边人的手，给她一个安心的眼神，接着抬头，对上陶尔琢满含惊讶的眼睛。

有光束自口袋中爆发出来，直指天际。安歌一惊，刚要低头就被人捂住了眼睛。顾泽伸手掏出那块石头，心中的大石放了下来。

他以前一直只把这个当普通的追踪器和通讯工具，却是在光阵里才想明白先知前辈的暗示和这个东西的真正功效。

顾泽把安歌护在身后，往前一步，直视陶尔琢。

这是顾泽第一次真正意义上，完全释放出自己的能量，是拼死的一次对抗。额头上青筋浮现，幽幽光色自他指间散出，与光束交织在一起。他只一个抬手，就让除却黑洞之外的所有东西归位。

"作为目前最为重点的一个缉拿对象，你把自己想得太轻了，被派来对付你，且只有一个人，你以为，我真的只是个追踪者吗？"顾泽不动声色地将失去光芒的石头收回口袋，"没错，你很强大，但这一次，你把自己所有的一切都赌在这上面，太冒险了。"

眼前的人好似慢慢地失去了力气。

是啊，陶尔琢把自己所有的能量都使了出来，甚至包括他身上残存着的灵窍，如果不是这样，空间的轴线即便紊乱，也不会扭曲出时空的黑洞来。也正因为经过一系列周密的计划和推测，所以，他没有想过自己会输。

而顾泽呢？

顾泽比陶尔琢更加冒险。

如果说陶尔琢是把自己的一切都赌在了这一次，那么，顾泽就是把自己的所有赌在了这一瞬间。真的是很冒险啊！

不过，还好，有一类人，在能力之外，天生也有运气。

**3.**

夜空里吞噬着一切的黑洞渐渐缩小，地面上的陶尔琢却是一笑之后化成飞灰，那点点飞灰闪着微光，尽数涌向黑洞。

这时，那个和安歌长得一模一样的女孩，右手化成刀刃，直直捅进自己的心脏……

她在做什么，为什么这么做？安歌还没来得及想清楚，又惊愣一下。因为，她看见 Monster 飞到黑洞的口子前，抢回了那些飞灰，然后将它们放进心口，接着像是用尽了全力似的倒在地上。

可再后来，Monster 是怎么让伤口愈合，怎么扭曲了面孔变成陶尔琢的模样，又散出淡光去堵那个黑洞……这些过程，安歌都有些记不清楚。

还是到了事情全部结束之后，她才稍稍推断出来，那个人，她当时那样吃力、那样痛苦，大概是在做一件以命换命的事情。

"砰"的一声，耗尽全力的顾泽倒地不起。


"你怎么样？"安歌声音沙哑，带着满满的惊慌和无助，"你不是很厉害吗？怎么会这样，你不是……"

"咳……刚刚，不过骗、骗一下他，怕他真要和我玉石俱焚，死得更快。"顾泽吊着一口气，明明是一副再撑不住的样子，却偏偏还要吊儿郎当地笑，"顺便耍个帅，让你记住我。"

安歌惊慌失措，完全听不进去别的话。

之前被陶尔琢抓走，她一直深陷一个梦之迷宫中，当时她满心都是他，只希望能够在哪个转角之后，就看见他。而醒来的那一刻，她看见他了。所以，即便是在那样危险的境地下，她也能够安心安静地站在他的身后，什么都不想，只是去相信，去依赖。

但是现在，那个她相信的人，却倒在了地上，就在她的面前……

"记住你是什么意思？"她的声音微带颤意。

而他依然是那样笑："意思就是，我可能，要……走很久……"

气息随着声音的微弱慢慢变淡，而地上的人，他的身体也像是虚幻的影像，在发出微光之后一点点又暗了下去。接着，就这么消失在幽弱的光色里。

那个人，刚刚还在身边，还在和她说话，现在却不见了，不见得那么彻底，连地上的血迹都干涸，混入泥土。

一点痕迹都没有留下。

好像……

好像刚才什么也没有发生过。

就好像顾泽，从头到尾，都不在这儿。

安歌表情麻木，没有惊讶，没有慌张，没有过大的情绪波动，像是失了魂魄。

天色已经恢复正常，不远处是看着如往常一样、没有半点诡异的陶尔琢。安歌低下眼睛，可是，身边却再也没有那个人了。

——我可能，要走很久。

眼前的东西渐渐模糊，她再看不清四周景象，哪怕一点剪影，哪怕一个色块。

可是……

他只是说要走，只是说很久，不是不回来。对吧？

安歌俯身，捡起脚边那块半透明的石块，那上边好像还带着谁的体温。说来，刚刚，他那样紧地握着它，握了那么久。

这上面的温度，是他的吧？

"你会回来吧……我知道，我等你。"

安歌闭上眼睛，就此陷入一片黑暗中……

# 尾声
/ 开春时候你的吻 /

## 1.

常言一叶知秋，而现在叶落如雨，枝上只剩下寥寥数片，推算一下，该是冬天要到了。

裹着厚厚的大衣和围巾，安歌从陶艺室出来，锁了门，往医院走去。

那天晚上的情况，除却顾泽消失的那些片段之外，其他的，她什么都记不清了。只晓得后来是陆玖带着人找到了他们，而送到医院之后，她不过一天就醒过来，可陶尔琢却不知道为什么，竟然一觉睡了一年，直到今天，也没能够醒过来。

而自那之后，她像是失去了许多情绪，又或者，是把所有感情都深深埋在了心底。原先开朗到有些咋呼的女孩，不过一夜之间，就长成了一个不动声色的人。

似乎所有的生动和鲜活都被锁在了哪扇门的后面，那个拿着钥匙的人没有来，也就没有人能够打开。

路过拐角的花店，安歌走进去买了一束。

付钱、致谢，接过花束，淡漠清疏得像是另一个人。

这阵子过得很是平静，她依然在等。

偶尔也会像现在这样，买束花，去医院看某个人。陆玖不太会照顾病人，虽然已经做得很好了，但她总还是想再去看看。

安歌去帮忙，也不全是为了陶尔琢。

私心来说，她是希望醒来的他能够告诉自己关于那一天的事情。也许，把事情了解清楚，支撑她的信念就能更多几分。

在不确定中等待，这种感觉，真的很折磨人。

安歌习惯性摸出手机，给某个号码发了条信息——

"今天我又去医院了，不知道他能不能醒过来。九哥照顾人，我看着都累，或许你回来劝劝他，他能答应请一个护理呢？嗯，你知道我晕车的，经常要跑那么远，其实我也很累，如果你能回来……"

编辑到这里，安歌忽然觉得手指僵得发冷，不知道后面该继续说些什么。

想了想，她打下一长串省略号，发送，收回手机。

如果他能看到，会知道她是在催他。

以前顾泽就说过的，时空不是那么好穿越，这种事情对人的要求非常高。哪怕是他，也经常会有受不住的时候。

而那次能量几乎被用尽的他，陷入了假死状态。

之后，阴错阳差之下，他又被卷入时空的甬道，回到那个阔别了六年的世界。

以前执行任务的时候，顾泽非常想回来，可这一次，在睁开眼，看到许久不见的战友们的时候，他的第一反应却是"糟了"。

——糟了，我回来了，她怎么办？

陷入前所未有的不安，顾泽每天都在向别人打探他们知道却不熟悉的另一个世界。起初，他经常被人打趣，说什么"那个世界就你去过，我们没问你那儿有什么，你还问起我们来了""这么挂记那个地方，怎么，在那儿成家立业了"……

而有价值的东西，一个都没问到。

所以，慢慢也就不再问了。


顾泽恢复得很快，没多久就养好了身体。

只是，经过陶尔琢那样一番动作，他却再找不到方法回去。

日复一日，积攒起来，便是一年。


两个人的担心，两个人的不安。

两个世界。

可是，今天注定是不寻常的一天。


顾泽没有家人，一别六年，朋友们早都生疏了，追捕陶尔琢的任务已经完成。组织里搜寻到了陶尔琢身体和意识的碎片，已经判定他的死亡。该做的，似乎都做好了，只除了一件事情。

站在时空交流器前，顾泽忽然有些紧张。

不是因为脱离组织擅自行动，也不是担心这台已经宣布停用的机器发生故障让他哪儿都去不了，而是……

"喂，那台机器不能用了，时空穿越的……"

还没来得及酝酿一下情绪，做个准备，顾泽回头，正巧看见急匆匆往这边走的负责人，他一惊，连忙按下启动……

"哎，这台机器……"

负责人更快地走过来，却没有想到，座椅上的人已经不见了。他抻长脖子往机器显示屏上一看，忽然有些惊讶："不是坏了吗？这怎么……显示正常啊……"


## 2.

娱乐圈换新的速度很快，不需一年，常常几个月就要换掉一批人。可顾泽的突然消失是圈子里的一个谜，即便热度不比刚出事的时候，但只要有人提提，还是能够引起一片讨论。

大家对于他有许多的猜测。

有人说他是某个豪门少爷，混迹娱乐圈许久，这次遇险，被接回去了；有人猜测他其实身份特殊，从事的是秘密工作，而这次的危险实际上是他的一个任务，任务完成，自然要走；还有人说，顾泽可能不是人，而是外星来的……

娱乐圈的人，连消失都要被娱乐。戏谑谈论的多，真正关心的少。

等待担心着的，也就只有真爱粉了。

就是在这样的情况下，某个午后，众多网站的新闻头条，忽然同时推送了一个消息——

"多图爆料，失踪许久，顾泽疑似现身某医院！"

对，他被拍到现身的那个医院，正是陶尔琢所在的那个医院。

这是顾泽回到这里，打开手机，正巧看见安歌提及的医院。

这一天，气温不高，天气却很好。

太阳不晒，空气不干。

医院外的花圃旁边，女孩被人从后拍了一下肩膀，却没有回头。

直到身后的人发出声音："怎么？才多久不见，反应变得这么迟钝了？"

女孩眼睛骤然睁大，转过身。

她红着鼻头，微微泛着水光的眼睛里，映出穿着一件单薄外套的他。她心底没来由地就是一酸，但脱口而出的却是一句："就穿这一件单衣，大冬天的你不冷吗？！"

顾泽脸上的笑意有那么一瞬的僵硬，咽下久别重逢的想念，他干干回答："我、我们那儿是夏天，挺热的……"

还没说完，女孩子就这样扑了过来，紧紧抱住他，小小的脸埋在了他的肩膀上。

他明显地一愣，接着，紧紧揽住她。

怎么会有这样的女孩子？总是不按常理出牌，做什么，都在他的意料之外。

他清楚地听见她的一声抽泣。

她不肯抬头，只是把他抱得更紧，像是想要嵌进去一样。

"那，借你暖一暖。"声音闷闷的。

在看见他的时候没反应过来，在他对她笑的时候没反应过来，在她自己猛地扑过来抱住他的时候，说实话，安歌还是有些没有反应过来。可是，就算她的反应再慢，身体却也先于大脑做出了一些反应。

比如红了的眼睛，比如微颤的手指，比如疯狂跳动的心脏。

偷偷在他的怀里流着眼泪，不想让他看见，安歌忽然觉得自己有些委屈。

"其实我知道，你会回来的，却没有想到……"

顾泽摸摸她的头，刚想说"让你久等了"，却不想，安歌吸了吸鼻子说了一句："没想到，你回来得这么快。"

她说着，又吸了吸鼻子。

"我以为你要像电视剧里似的，过个八九十个年头才能回来呢。"

心底生出一阵无奈，同时也被这番话弄得哭笑不得，顾泽一下一下摸着她的头："哪有那么夸张……"

"我都准备好了。"安歌忽地抬起头，眼睛依然红着，眼泪却被生生憋在眼眶里，不流出来，"不论是八九年还是八九十年，我都准备好等你一辈子了，我还想过，等到我们年老的时候，那种重逢的场面一定很感人……"

好不容易见到了，好不容易回来了。

那么，以前的那些难过，是不是可以埋起来？那些心情，是不是也可以真的再不要拿出来了？如果是，那从现在开始，是不是应该翻过一篇，重新开始，不掺杂那些日子里的半点灰暗，回到最初的时候，真正放轻松一些？

久别重逢，应该是欢喜重于悲泣的，不该眼泪分兮，伴着一把一把的鼻涕的。

安歌解下自己的围巾，把它绕在顾泽的脖子上，两圈，一个结，是某人惯常的打法。

从头到尾只是这么看着她，像是读懂了她的心虚，顾泽摸了摸围巾，忍不住又捏了捏她的脸，声音温柔："那么早见到我，你是不是感觉，像在做梦？"

"才不呢……在梦里的时候，我不知道那是做梦，但现在，我知道这是真的。"安歌带着点不知道哪儿来的小骄傲，"我梦过很多次，能够分清楚这两者的差别。我知道，你是真的回来了。"

明明是笑着说出口的一句话，可还没等她说完，眼泪又不受控制地流了下来。一时间，弄得顾泽手足无措。

"如果真的忍不住，就别忍了，其实我也想哭，我们可以抱着哭一哭，我不会笑你。"

"谁想哭了。"她抿着嘴唇抹掉眼泪，也不知道自己是怎么想的，边笑边哭，抬起脸，"都怪你。"

顾泽挑一挑眉："怪我？"

好不容易忍住的眼泪，用了那么大的力气在佯装无事，假装他们只是隔了两天不见，没有生疏，也不会不自然。这是很安歌的表达方式。却在看见他望着自己的眼神时，一下子又崩了，好像在他面前，她什么也装不过。

"人家久别重逢，都要说情话的。"她扯出一个笑，看起来有些故意，"你没有说，我觉得委屈。"

明明只是强扯出来的一个借口，谁都听得出来，可顾泽却笑着摸摸她的头，眼睛里的宠溺满满，都要溢出来。

他想了想："那好，我最近学了一句情话，在那个世界，没有人可以说，我练了很多次，就是想回来，说给你听。"

顾泽清了清嗓子，眉眼之间全是笑意，眼前的人就是心里的人。

"我所能想到最美好的事情……"

心底乱乱的，不知道自己之前说了什么，刚刚说了什么，他又在说什么，只晓得，在听见他放轻的声音的这一刻，她忽然很想抱住他，哪怕她才刚刚从他的怀里出来。

想到这里，她踮起脚啄了一下他的脸颊，接着猛地一头扎进他的怀里——

"关于最美好的事情。我能想到的，就是你回来了。"

顾泽一怔，轻笑，咽下了原本的话，转而环住她。

"我也是。"

我不太会表达，特意学了一句情话，想说给你听。

那句话是基地里边，他找到的那位前辈的笔记本首页记着的。

纸张泛黄，墨迹略有褪色，唯独那个句子，他一看见，就想说给她听——

我所能想到最美好的事情，夏天的冰激凌，秋天的大闸蟹，冬天大雪漫漫，糊了一窗户雾气的火锅。

还有，开春时候，你的吻。


——全文完——

# 番外

/ 顾泽不是你男神吗 /

## 1.

娱乐圈里的人都知道，李导是一个固执的导演。

这样的性格，如果是放在一个不红的导演身上，他连混都混不下去。但还好，他的影响力足够大，大到就算他再怎么一意孤行，只要传出他要拍什么电影，都会有投资方上赶着来找合作。

可这一次却有些例外。

作为李导息影几年后复出执导的《风流骨》，男主角是时下最当红的顾泽，虽然故事题材不太热门，收视却绝对有保证。

然而，就是这样一部电影，却是一波三折，从开拍至今，来来回回折腾了三年，连投资方都换了好几拨。

毕竟男主角消失，导演执着不愿意换人，作为生意人，他们没那么大的耐心等待消耗。既然最初的目的是赚钱，那么在眼看着亏空越来越多的时候，他们当然会撤回。

就像李导在首映礼上说的，这部电影拍得真是很不容易。中间的变故这么多，发生了那样一些意想不到的事情，导演、演员，或者说整个剧组，都不容易。

但还好，一切都过去了。

安歌坐在电视机前看着首映礼采访的重播，往嘴里塞着某人削好的苹果。屏幕上的人永远那么耀眼，带着亲和的浅笑，每一个角度，都是恰到好处，礼貌而清疏。哪怕是面对记者的刻意刁难，也能言辞巧然，冷静化解。

"干吗一直看电视？"这时候，一身家居装的顾泽走过来，自然而然地揽住安歌的肩膀，"真人不就在这里吗？"

安歌一惊，动作飞快地换了台："你、你怎么就睡醒了？"

顾泽微微挑了眉尾，凑近了她一些："睡不着。"

"不是说很困吗？怎么……失眠了？"

顾泽看起来有些无辜："没人陪，睡不着。"


安歌脸上一热。

虽然他们已经在一起很久了，可有时候，看见故意犯规的顾泽，她还是会忍不住地脸红心跳，就像是第一次看见他一样……哎，可是怎么会这样？说好的老夫老妻呢！

眼前的人明显又怔住，顾泽也不等她回应，稍稍弯了嘴角就横抱起她往房间走去。

"你……"安歌一声低呼，却是还没来得及说什么，就被一个吻堵了回去。

温软缠绵，半晌分开。

顾泽望着怀里眼角泛红的人，眸底闪过几许深意："我最近很累，很需要休息，你要不要陪我？"

大概是被这个声音蛊惑了，对上那双深邃如星海的眼睛，安歌呆呆地点头。

想一想，最初她会注意到他，也就是因为这样一双眼睛。不是深黑如墨的颜色，而是带着浅浅的棕，每每对上阳光，就会变得透明澄澈。像是一眼便能望到底，又像是含着许多看不分明的东西，让人一看就移不开眼。

一双有欺骗性的眼睛。


**2.**

当安歌再次醒来，已经是第二天了。

腰和背都酸痛酸痛的，简直不可描述。

安歌踢踏着拖鞋站起来，满脸的委屈。

果然，男人的话都是信不住的……

说好的疲累呢？说好的好好休息呢？说好的困得不行只想睡觉呢？

刚刚站了一会儿，她又坐下去，打开微博开始例行刷新。却没想到，首页上被刷屏了的，又是那个家伙。

自从顾泽承认恋情之后，他就有些放飞自己了，从原来的许久不更新，变成习惯性日常秀恩爱。

这样是会掉粉的！

但是，顾泽的人气却越来越高，许多迷妹一边喊着男神虐狗，一边又大把大把给自己塞狗粮。

尤其是今天——

一双交握着的手，一句腻歪到死的话。

在点开大图的时候，安歌甚至清晰地看见自己手腕上被他不知是刻意还是无心弄出来的红印子。

怀着自己都说不清楚的心情点开评论，果然大家都注意到了这一点。而热评里最上边的两条，一个是陶尔琢的"师兄，你最近的尺度越来越大了"，一个是陆玖回复陶尔琢的"还有力气刷微博，看起来已经休息好了"。

说起来，陶尔琢自从醒来以后，就变得有些奇怪。安歌一直知道他思想简单，简单到甚至有些蠢的地步，但没想到……醒来之后的他，竟然比以前更简单一点。

和原来不一样，醒来之后的陶尔琢像是个初生的婴孩，并不是弱智的意思，可他看待许多事情的角度，都像是第一次认识这个世界。如果不是他还记得他们和从前，安歌几乎都以为他是还原到出厂设置了。

而自那之后，安歌便开始喜欢上调戏陶尔琢这个游戏。嗯，实在是有点好玩。

她不受控制地扬起一个内涵的笑，开开心心地准备回复，却没想到那个笑意还没有消失就对上了端着饭菜开门进来的顾泽。

自上而下瞟了眼安歌的手机，顾泽笑得有些微妙。

"还有力气刷微博，看来已经休息好了。"

瞬间，安歌觉得自己整个人都不好了。

台词这种东西不带这样重复利用的吧！

看见安歌明显凌乱的眼神，顾泽轻笑一声："逗你的。"接着把餐盘端到了一边的书桌上，"饿了吧？"

安歌摸了摸肚子，乖顺地走过去，才注意到顾泽的衣服。

"你这是刚回来？"

顾泽随手脱了西装外套搭在椅背上，点点头："外面有些事情，出去了一会儿。"说完，他轻一眨眼，"还困吗？"

安歌一脸警觉双手护胸："你要干什么？"

"嗯？没什么，今天天气很好。"顾泽很是无辜，"而我只是忽然想起来，前几天有人在看电视的时候说，我已经很久没陪她出去过了。"说着顿了顿，"恰好，今天是……"

"是什么？"

他笑看她一眼，欲言又止："没什么。"接着从背后揽住她，"今天要不要出去走走？正好可以戴你上次给我买的帽子。"

安歌不是很容易能被转移掉注意力的人，但只要在顾泽面前，什么时候都可以是例外。因为他的每一句话、每一个动作，哪怕再怎么轻巧、简单，都重得过她前一秒的纠结。

他在她的眼里，就是这么重要。

于是，她忽略掉自己原来的不解。

"好！"她的眼睛亮晶晶的，"我们去一个地方！"


3.

电影院里，安歌满脸期待地盯着大屏幕上的广告，有些小雀跃。

在很久很久以前，她就想过，如果有一天找到自己喜欢且喜欢自己的人，一定要和他来看电影，而那场电影必须是顾泽的。嗯，也许吧，眼前是"爱豆"，身边是恋人，这样的场景很多迷妹都期待过。安歌这么想着，不自觉弯了眉眼。

今天终于实现了，而且，似乎比她期待的还要再多一些。

安歌左手抱着爆米花，右手却被另一只手握住。

光线昏暗的影院里，他们进去得晚，没引来什么注意，顾泽随手摘下帽子，还没放下就感觉到握在手心里的人，小幅度地挣了挣。

"做什么？"顾泽小声问道。

安歌瘪瘪嘴："你这样牵着我，我怎么吃爆米花？"

顾泽动作自然地喂了她一颗："这样就好。"

电影院里的爆米花，总是比外面的更好吃，香脆酥甜。

安歌嚼着，点点头。才不是因为是他喂的呢。


霎时，灯光暗下，影院里一时间只剩下银幕上慢慢亮起的光。

安歌调整好坐姿，盯着屏幕。

画面由暗转亮，入眼，烟雾缭绕。接着，风声呼啸，山外人家，有谁握着一块碎瓷，侧对镜头站着，嘴唇微微发颤。

"千锤百炼生于烈火又如何，还不是一摔就碎了。"

那个声音总是微带笑意，对于安歌而言，不能更熟悉，可此时从音箱传至耳畔，却是带着些微绝望，让人闻之一颤。

镜头慢慢转过，停在男子身前，却只露出下半张脸。

画面里的人，虽然看不全面容，但从他苍白发干没有血色的嘴唇、嘴角边的几道血口子，还有那被淡青色胡楂覆住的半张脸上，就能看出，他实在落魄得很。

喉头一滚，有水光坠下，半落不落滴在瘦削的下巴上。

"爹，可我想把它拼回来，你等我。"

话音落下，画面一黑，再亮起，已经是一派繁华的长街上边。

锦衣男子左手把玩着一个白瓷酒壶，右手摇着把折扇，端的是副不识愁字的公子模样。不过一个镜头的闪现，已经是截然不同的光景，人，也像是换了一个。

可不管是那个世人眼中恣意妄为的督陶官，还是山野里无人见得的何去来，抑或不久之后，让人闻之色变的无名杀手，他始终只是一个人。不论外表如何，内心不曾变过。

而他来到皇城，始终也只是为了寻仇。

有些人生而放肆，有些人生而隐忍。最初的何去来是单纯热血的性子，一朝饮恨入骨，澄澈不再，却不得不伪装成什么也不知道、什么也不在乎的模样，甚至还要奴颜婢膝恭敬于仇敌之下，只因为时机未至。

这样的人，可谓复杂。

顾泽却将他演绎得很好，一笑一动，讨好狠厉，转变得极其自然。

电影院里鸦雀无声，虽然知道只是个故事，虽然知道这是怎么拍出来的，但不可否认，当安歌坐在这个地方，看着制作出来的电影一幕幕闪过，还是有些动容。

"看你的表情，怎么……"顾泽凑近安歌，"就这么喜欢我？"

一下子被从电影的情境里拉出来，安歌有些恼怒地瞪一眼顾泽。

"看电影呢，谁看你了？"

顾泽不置可否，只是又塞了几颗爆米花给她。

"那个演何去来的，不是你男神吗？"

她背上一阵发麻，满脸惊悚地望向一派正经的顾泽——

天哪，居然有人能用这样的语气问出这样一句话？这个人的面皮呢？！

安歌半晌才平复好了心情，接着小声哼唧："才不是。"

接下来，顾泽变得很是安静，剧情平淡的时候喂她爆米花，剧情激烈的时候给她抓紧手臂，在几个触泪点的地方，默默递过去自己的衣袖……咳咳，因为没有带纸巾。

直到将近片尾，他本来想和她留下来一起等彩蛋，倒是她拽着他就要走。

"做什么，你不是很想看完吗？"

还没从剧情里抽脱出来，安歌红着眼睛望他，小声道："可是再不走，电影结束了，灯光一亮，你被发现了怎么办？"说完复又嘟囔几声，"自从回来以后就没有异能了不是吗？又不能变出另一张脸，我才不想引起什么骚动……"

"那就等大家都走了，我们再走。"顾泽牢牢握住她的手，"乖，不怕。"

被扯得牢牢的，安歌无奈，只好继续坐下来。

片尾的彩蛋其实没有什么东西，只是呼应了正片中一个小片段。

那大概是何去来短暂的一生里，唯一美好的感情。

是某日天气晴暖，皇城郊外的驿站里，他短暂歇息，喝一杯茶，抬眸间，对桌，谁的发丝从耳边滑落，就这样落进他的眼底。然后，她回眸，他颔首，相视一笑。

落在女子面上的镜头始终模糊，没人看得清她模样如何，笑里眼里，带着的又是什么样的情绪。过往与现实交织，这一幕像是从何去来的记忆中窥探到的，时间分明已经久远到再难清晰，他却记得深刻。

至死不忘。

这是很叫人唏嘘的一面，而彩蛋中补全了前边许多解释不清的东西。

比如，这个女子是谁，怎么会恰好出现在那个地方，满心仇恨的何去来，又怎会只一面就记住了她。

说是彩蛋，按理应该要温暖一些，可《风流骨》拍摄出来的，却是把所有人的美好希望打碎的片段。

事实上，从未有过什么女子。

那只是一个心生绝望的人对自己的救赎，是一场幻觉。因为支撑不下去，所以幻想出来一场美妙的相遇，在孤寂到窒息的时候，能够用作回想，聊以自慰罢了。

这也是为什么那个女子从头到尾都只是一个模糊的影子的原因。

"其实当时那几场，你演得不错。"

彩蛋结束，观众终于零零散散地走出去，大概是被这样意料之外的剧情打击到了，纷纷红着眼睛，没什么心情说别的、注意别的。

这样倒是方便了顾泽。

他凑到安歌耳边,语带笑意:"虽然镜头少,但当时那个情景里边,你的表现很好。"

"那是因为没露脸。"安歌皱了皱鼻子,"事实上,那个什么救场,我真的紧张死了。"

她边说边往外面走,在出门的时候,回身,把顾泽的帽子压了压。而顾泽不动,只是乖巧地前倾了身子,方便她按帽子。

"乖。"安歌很是满意地拍了拍他的头,接着牵起他的手,"姐姐带你去买糖吃。"

"那姐姐千万牵好哦。"

她一下没忍住,"扑哧"一声笑出来,强行假装严肃点头:"相信我,不会丢了你的。"

说完,她转过身去。

而顾泽歪头,瞥见她上扬的嘴角,眼底也跟着染上点点欢喜。

如果说生命之中总有意外,她就是他这辈子最大的惊喜。遇见她之前,他从未想过能遇到这样一个人,仿佛每一处都是恰好,他也未曾有过这样的期待。

可遇见之后,便再不想放开了。


## 4.

正走着,安歌瞥见柜台上的棒棒糖,忽然停住,眼底几分狡黠。

而顾泽怎么会不知道她在想什么呢?可他就是想由着她、纵容她、配合她。

于是,他微微弯了身子:"姐姐是要给我买糖吃吗?"

"你想吃吗?"安歌带着几分得意,"想吃的话,再叫几句,嘴甜一点。"

心底某个地方被猫咪的尾巴挠了一下，又软又痒。顾泽扬着嘴角，被帽檐遮住的脸上满是纯良："姐姐。"

"乖！"

安歌心满意足地掏钱包，然而……

"我钱包呢？"

她摸了好一阵子也没摸到，顾泽眉头微皱："你在哪里拿出来过？想得起来吗？"

她停下动作咬嘴唇，有些纠结："我好像没有拿出来……啊，对了！爆米花！"

忽然想到这个，安歌赶忙就往卖爆米花的柜台跑，而顾泽就这样在后面单手拉着她的衣袖，防止她跑太快摔倒。

安歌直直冲到柜台说明情况，还好，工作人员捡到了。

安歌松了口气："那真是谢谢……"

"等一下，可是你怎么证明这个钱包是你的？这里边有多少钱，你还记得吗？"工作人员问。

安歌一愣。她一向对钱的事情不清楚，经常是直接塞直接拿，这一下子，她也想不起来那里边有多少……

"我、我不记得了。"

卖爆米花的工作人员满脸狐疑地打开钱包："哎，对了，这里边有一张照片……"

"啊，是顾泽！里边的照片是顾泽！"

大概是因为激动，安歌的声音有点大，又没注意到旁边的情景，刚一出口就听见身后不远处的一声轻笑。可她也没多加在意。

工作人员笑了笑："是。"把钱包递给她，"以后小心点，别再掉了啊！"

"嗯嗯，谢谢您。"

安歌紧紧抱着钱包，回头就对上一双含笑的眼睛。

也是这时候，她才反应过来，之前那声笑是怎么回事。

她捂紧钱包色厉内荏地瞪他一眼，仰起头："看什么看！"

"不是说，顾泽不是你男神吗？"

安歌别开头："就、就不是啊。"

"那钱包里的照片……"

安歌鼓了鼓脸颊。

这个人，总是喜欢逗她，总是"找她麻烦"，还经常借着一些缘由把她拐来拐去，真是可恶。可偏偏，她就是喜欢这个可恶的人。

因为，不论再怎么说，再怎么喜欢和他唱反调，她的心底也清楚。

这个世界上，不会再有比他对她更好的人了。

"本来就不是。"

安歌歪了歪头，冲着眼前的人眨眨眼，模糊着口齿对他说——

"钱包里怎么能放什么男神的照片呢？这个位置，只能属于男票啊。"

好吧，她又赢了。

就这一句话，轻轻巧巧就填满了他的心，一句之后，他便再没有什么心思假装与她争，来逗她。

"嗯，那……"

他朝着她弯下身子，双眸清澈："那，姐姐还要不要给我买糖？"

"买，买，买，多少都给你买。"

安歌掐了一把顾泽的脸，欢欢喜喜地朝着卖棒棒糖的地方跑去。

没有看见，身后的人满脸宠溺，站在原地，就这么望着她。那样的专注，好像全世界只有她一个人，或者说，全世界，只有她一个人能让他这样放在心上。


**5.**

今天天气很好，我们出去走走吧。

没什么，只是忽然想起来，前几天有人在看电视的时候说，我已经很久没有陪她出去过了。还有，恰好……

恰好，今天是我们重逢的纪念日。

就知道你不记得了，你这记性，能记住什么呢？

但没办法，只要你还记得我，我就得让着你啊。

笨。


## 【二：平行世界里的另一对他们·人家只是个宝宝篇】

小葵花幼儿园开课啦！

最近天气反复，成年人都够折腾，更别提小孩子。

而妈妈们都在说，孩子咳嗽老不好，多半是冻的，打一针就好了。

于是，医院儿科门前，人满为患，大多是带着孩子来打针的父母。

缩在人群后边，小小的安歌皱着一张包子脸，满心的小算盘，算的都是怎么样才能逃过这一针。而在她对着手指满脸委屈的时候，前边的小男孩回了个头。

其实都是奶娃娃，看不大出来长相，大家的审美也还没有发育健全。可就算这样，安歌在看见小男孩的时候，还是愣了一愣。

这大概是她目前为止见过最好看的男孩子了。

虽然她的"目前为止"，只在四岁而已。

但小孩子也是有自己判断的！

她伸出手戳了戳他的肩膀，笑出一口小白牙："你也来打针呀？"

男孩看起来有些冷漠，不爱搭理人，可就算这样，却也还是礼貌地回头，望着安歌的眼睛回了她的话，虽然只有一个字。

"嗯。"


这时候，队伍又缩短了一些。

安歌缩缩肩膀，有一搭没一搭地和他聊天。

说是聊天，但基本上，都是她在说，他在听，只是每句话都会稍稍应一句。一个或者两个字，仅此而已了。

前边终于只剩下三个人。

安歌吸了吸鼻子，沉默了一下，忽然问他："哎，你会不会怕打针啊？"

顾泽皱皱眉头，小小的拳头捏在一起，手背上旋出个肉窝窝。

"嗯。"他抿着嘴唇，轻应一声。

也就是这一声，弄得安歌不由得一愣，像是发现了什么不得了的东西一样。她抓住他的手臂轻轻晃晃。

原来这么酷的男孩子，也会怕打针吗？

一瞬间有万丈侠气从心底生了出来，安歌拍拍小胸脯："不怕不怕，我保护你！"

男孩的嘴角极短促地扬了扬，他反握了安歌的手一下："嗯。"

很快，护士阿姨叫到了他的名字——

"下一个小朋友，顾泽，顾泽在吗？"

男孩子松开她的手，抿着嘴唇走进去，气氛一时间有些紧张。

然而，走到门口的时候，他回头："你在外面等我一下下，我待会儿就出来了。"

却忘记了，她也是要打针的人。

而安歌握着小拳头放在脸颊两侧，拼命点头："嗯，嗯，嗯。"

这一幕，在往后的日子里，重播过许多次。

比如上课下课，比如上班下班，这个比如太多，例子举不过来。到底是一辈子，这样的对话，在不同的场景里，实在出现过太多次了。

但这是第一次。

"顾泽加油哦！"

安歌眼睛里带着星星，目送着顾泽走进房门里边。

在大人眼里，这大概只是打个针，没什么大不了的吧？可在小孩子的世界里，这真的是非常非常非常勇敢的事情啊！是需要勇气才能面对的。

没多久，顾泽走出来，眼睛亮闪闪的，像是带着水光。

然后，在看见安歌的那一瞬间，他轻一眨眼，水光就消失了。

到底还是小孩子，虽然惦念着，但在看见又酷又冷的顾泽，满脸坚决地进去，委委屈屈地出来，还是会觉得有趣。安歌望着他，比起问顾泽有没有事、痛不痛这些东西之外，其实，她还有那么一丢丢想笑。

可还没有笑出来，那个小男孩就冲她伸出手，那是护士阿姨口中的最后一颗小白兔奶糖。

"给你，不疼的。"

安歌一愣，忘记接过，只怔怔看着他剥开糖纸喂给她，直到奶香在唇齿间散开才反应过来。也是忽然，有些愧疚。

噢……顾泽，对不起，刚刚差点就想笑你了。

安歌眨巴着眼睛，在护士阿姨的召唤下，一步三回头地往注射室走着。

快到门口时，她忽然想起什么似的，又转身跑来，"吧唧"一口亲在了顾泽脸上，带着淡淡的奶香。

"刚刚差点忘记了，谢谢你！"

说完之后，安歌蹦蹦跳跳地跑进去，而护士阿姨有些凌乱地笑了笑……

现在的孩子，都这么玩的吗？

而顾泽就这样呆呆摸了摸脸蛋，对着眼前关上的门，露出一个笑来。

彼时，消毒水并不好闻的味道弥漫在四周，而窗外是高高的树丛，偶有几束阳光从枝叶间投射下来，斑斑驳驳落在地上。

　　也落在了哪颗心里。

　　不论是在哪一个世界，也不论是哪一场相遇。

　　时间、地点，什么都不重要。

　　重要的只是你。

　　只要是你，只要是我，只要相遇……

　　一切未知，从此刻开始书写，而之后的什么也都顺理成章。因为，他们的故事，早在这最初的一刻……

　　就注定了。

小花阅读微信
扫一扫免费阅读作者
其他作品 / 最新消息

**图书在版编目（CIP）数据**

顾盼而歌 / 晚乔著. -- 上海：上海文化出版社，2017.4（2020.1 重印）

ISBN 978-7-5535-0690-6

Ⅰ.①顾… Ⅱ.①晚… Ⅲ.①情言小说-中国-当代 Ⅳ.① I247.5

中国版本图书馆 CIP 数据核字 (2017) 第 037950 号


责任编辑　詹明瑜　蔡美凤

特约编辑　曾雪玲　层　楼

装帧设计　刘　艳　米　籽

封面绘制　PEIRUYI

印务监制　李红霞

责任校对　周　萍


**顾盼而歌**

晚乔　著


出　　版　上海文化出版社

出　　品　上海故事会文化传媒有限公司

　　　　　（200020 上海市绍兴路 74 号　www.storychina.cn）

发　　行　上海文艺出版社发行中心

　　　　　（上海市绍兴路 50 号）

印　　刷　三河市华东印刷有限公司

开　　本　880×1230　1/32　　印　张　9.125

版　　次　2017 年 4 月第 1 版　　印　次　2020 年 1 月第 2 次印刷

书　　号　ISBN 978-7-5535-0690-6/I.197

定　　价　39.80 元

故事会　大众文化出版基地　www.storychina.cn　　上海故事会文化传媒有限公司　出品（00622）www.storychina.cn

本书如有印装问题，请与印刷厂联系调换。联系电话：0731-82755298